Kreet uit die Kalahari

Sybie Kleynhans

Malherbe Uitgewers Publikasie

Outeur: Sybie Kleynhans
Voorbladontwerp: Malherbe uitgewers

Geset in Franklin Gothic Book 12pt

ISBN 978-1-991455-51-2

Eerste Uitgawe 2024

Hoofstuk 1

Voor die imposante hek bring Otto Stegman die ou Isuzu 300 tot stilstand, kyk dan na sy seun, Hardus, en dié kyk na hom. Nie een praat nie, maar staar weer na die indrukwekkende ingang, met die reuse bord, wat bo-op die skuifhek pryk.

Die amper-sewentienjarige seun skud sy kop in ongeloof en kyk weer na sy pa. "Hel, dit is 'n moerse hek, Pa."

"Ek dink die woord pas dié keer, ou seun. Dit is 'n moerse indrukwekkende hek." Hy kyk vir oulaas na die naam, ry dan na waar die interkom staan en druk die luidspreker. "Dit is Otto Stegman, ek moet aanmeld vir diens as bestuurder van die melkery."

Die meganiese stem vertel hom in Engels hoe en waar hy moet ry, dan skuif die hek oop.

"Ry ons 'n nuwe, gelukkiger lewe binne, of gaan daar nog meer hartseer wag, Pa?"

"Dit sal ons moet sien, my seun, maar dit is 'n pragtige natuurskoon, nè?"

"Heng Pa, ek stem. Is jy seker dit is Kalahari-wêreld dié? Ek het altyd gedink dis half woestyn, maar kyk hierdie groot bergreeks aan ons linkerkant."

"Dit is die Langberg, dit lyk asof dit lank is ..." Hy bly stil toe hy 'n Land Rover by die vurk in die pad sien staan en dat daar 'n man nadergestap kom.

"Is jy Stegman?" Die man se stem pas by sy brutale, dog aantreklike gesig. Sy Engelse aksent is baie Afrikaans.

"Ja, en jy is?" Daar is 'n snaakse klank in Otto se stem.

Hardus loer vinnig na sy pa, hy ken die spoed van die groot man se humeur.

"Ek is die algemene bestuurder van El Dorado en jy sal my as meneer Wiljên aanspreek." Die man se gesig verdonker.

Hardus grinnik saggies.

"Wel, Viljoen," kap Otto, "jy hoef nie vir mý meneer te sê nie, maar jy sal met my Afrikaans praat. Meneer Handford het my aangestel, nie die algemene bestuurderkie nie. Hý kan my vra of aansê wat ek moet doen, of as ek moet gaan. Duidelik?"

Die man se gesig verdonker selfs meer. Dreigend gee hy 'n treë nader, maar verbleek toe Otto vir hom grynslag.

"Ry agter my aan dat ek jou huis vir jou kan wys." Hy draai om, spring byna in die Land Rover en trek met tollende bande weg.

"Heng Pa, ou Rooigesig is kwaad en baie ook." Hy aarsel, kyk weer vinnig na sy pa. "Dalk moet pa die ou onversk..." hy steek vas en byt op sy lip. "Skuus Pa. ... Dit is 'n mooi huisie. Sjoe, die ou het bosluise onder sy arms." Hardus lag terwyl Viljoen met driftige hale naderkom en sy arms staan bak, weg van sy ronde lyf.

Otto grinnik, klim uit die bakkie en steek 'n sigaret aan terwyl hy die man rustig inwag. "Ek neem aan dit is die huis dié?"

Viljoen steek vas. Dit lyk of hy 'n dreigende houding wil inneem, maar dit verdamp vinnig toe Otto teen sy bakkie leun.

"Dit is die huis, pak jou goed uit en rapporteer môreoggend om vyfuur by die melkstal." Hy draai om, maar tol terug toe Otto se stem sweepklap.

"Waar is doktor Harold Handford? Hy het my aangestel en voor ek afpak, wil ek hom spreek."

"Jy's mal, wie dink jy is jy? Niemand spreek doktor of enige van die Handford hier by die kwartiere nie, en hy gaan jou beslis nie op 'n Saterdag sien nie. Pak af of trap."

"Dan gaan ek hom vir kontrakbreuk aangee en na die lokale pers ook gaan. Hy of enige van sy gesin sal my persoonlik spreek, of ek ry na sy huis toe. Vat jou selfoon en bel."

"Jy's gek, maar ek sal bel."

Hy klim in sy voertuig en maak die oproep. Hy skud sy kop terwyl hy weer uitklim. "Doktor sê jy moet solank uitpak, hy of een van sy gesin sal jou Maandag in die melkstal spreek. Die huis se sleutel is in die deur en die krag is aan. Bye."

Die stof dwarrel soos die voertuig vorentoe spring en met die pad tussen die apiesdoringbome verdwyn.

"Windgat," mompel Hardus sy pa se gedagtes hardop, kyk dan na hom. "Nou wat nou, Pa?"

"Nou gaan ons na die opstal van die Handfords of ons ry terug Olifantshoek toe, miskien sommer Upington toe."

Die twee stap eers tussen die bome in, staan wydsbeen langs mekaar en verlig hulle nood.

“Hierdie keer het jy hom die verste gegooi, Seuna, maar gee kans tot wanneer ek uitgerus het,” lag Otto terwyl hulle terug loop bakkie toe.

“Verskonings. Altyd verskonings.” Hardus steek vas, stap na die kraan daar naby, draai dit oop en was sy hande onder die straal water.

Otto volg sy voorbeeld, dan klim hulle in die Isuzu.

“Kom ons kyk waar bly die doktor en wat se mense is die ryk Rooinekke.”

Otto trek die ou Isuzu langs die vyftiental sport- en luukse motors en loer vinnig na Hardus.

Dié glimlag steeds. “Heng Pa, dit is ‘n moerse kasteel, windgatkarre en ‘n verbaasde hekwag.”

“Kom jy saam?”

Hardus skud sy kop en wys met sy hand na die hek. “Daar is ‘n hengse mooi girl op pad en sy lyk beneuk, ek dink jy moet alleen gaan.”

“Jy’s reg, sy is blerrie mooi, die twee wolfhonde langs haar ook, en al drie lyk ewe befoeterd.”

Die twee wolwe grom. Die vrou se blonde hare glinster goud in die middagson. Haar denim span styf en aksentueer die effe vol kurwes.

“Wie de duiwel is jy en wie het jou die reg gegee om ongenooid by die hekke van El Dorado in te kom?” Haar mooi gesig trek van verbasing omdat hy haar ignoreer en op sy knieë afsak.

Byna dadelik kom die honde vorentoe. Stertswaaiend ruik hulle aan sy uitgestrekte hande, binne sekondes krap daardie hande die twee wolwe agter die ore.

“Kom! Plek!” Haar bevele klap skerp, maar die honde gehoorsaam nie hierdie keer nie.

Hy kom orent, en die bloed dam in haar wange op toe hy praat. "Ek is Otto Stegman, en kom diens aanvaar as melkery-bestuurder."

"Jy kom hier werk en wil wragtig by die voordeur inkom?" Die kleur in haar wange verbleek, nie net van raserny nie, maar omdat hy een van die aantreklikste mans is wat sy nog ooit gesien het.

Die woede klim wydsbeen oor Otto se nek. Hy loer vinnig in Hardus se rigting. Dan kyk hy weer na die vrou voor hom. "Wie is jý, geitjie, en wat is jou storie?"

"Ek... ek... ek is Claudine Handford en jy het geen reg om hier te wees nie. Gaan terug en pak jou goed in die huis. Jy kan Maandag in die kantoor kom aanmeld."

"Is jy doktor Handford?"

"Nee! Hy is my vader en loop nou. Rex! Lobo! Kom julle nou!" Die twee wolwe loer nie eers na haar nie, dans net stertswaaiend om 'n laggende Otto.

"Nou luister, dogtertjie, gaan roep jou pappie. Ons grootmense moet gesels en moenie nou wil staan en huil nie, draf eerder. As ek jou figuur so bekyk, is jy redelik fiks." Sonder om verder aandag aan die geskokte vrou te gee, draai hy om en loop na waar Hardus grootoog in die bakkie wag.

Geesdriftig volg die honde hom.

Versigtig klim Hardus uit. Hy kon deur die oop ruit elke woord hoor wat daar tussen sy pa en die Claudine-vroumens gepraat was.

Die honde besnuffel hom en binne sekondes word hy aanvaar.

"O hel, Pa. Ons vat seker nou weer die pad, na waar hierdie keer?"

Otto kyk na die vreemde struike tussen die geparkeerde motors. "Jy's 'n beter landbouer as ek, wat se boom-bos goed is dit dié?"

"Heng Pa, jy het pas jou aanstelling verloor en nou kommer jy oor struik-goeters. Dit lyk vir my soos proteas. Wat gaan ons nou maak en wat van die twee honde?" Hardus se aantreklike gesig is stroef van die bekommernis.

"As daai Dokkie nie nou opdaag nie, dan vat ons die twee honde en ons waai." Otto wil sy seun se hare deurmekaar krap, maar sy hand vries in die lug toe die grootste hond knor en sy lelike tande ontbloot. "Hierts, wie is die dief nou?" lag hy en laat sy arm sak.

"Asseblief, Pa, kom ons vat die honde en gaan na die huis toe en wag tot hulle opdaag." Hy sien sy pa met vernoude oë na iets tussen die kareebome staar; hy draai sy kop in dieselfde rigting. "Nee, ons mag nie, Pa, hulle gaan jou toesluit."

"Ou maat, ons het ver gery, daar is die braaiplek, met rooster, gekapte hout en de lot. Ek is honger en aangesien ons moet wag, gaan ons braai. Ek stap solank, krink jy die bakkie en haal die koelkassie af."

Hardus skud sy kop, maak dan die regterkantse deur oop en die grootste hond spring in. Die ander een volg Otto.

Tien minute later brand die vuur. Otto gaan kry twee opslaanstoele op die waentjie en stap terug. "Is die bier in daardie koelhouer of waar is dit?"

"Pa se bier staan in die koelte daar op die sementblad en my Coke ook." Die blondekop seun skud sy kop afkeurend, maar die liefde lê vlak in sy bruin oë.

"Prost, ou seun! Op 'n nuwe begin en toekoms." Hy stamp sy bierblik teen Hardus se koeldrank.

"Prost, Pa! Maar waar is die nuwe begin? Jy is gefire voor jy kon begin."

"Kom ek wed jou ek gaan die werkie kry?" Otto steek sy hand uit.

Hardus glimlag breed en vat sy pa se uitgestrekte hand. "Right, wat wed ons? Ek dink daai nuwe rystewels is 'n goeie bet."

"Helvel, dit is 'n paar duisend rand daai, maar oukei, die stewels teen jý elke aand skottelgoed was."

"Dit is darem te kwaai, kom ons maak dit eerder só: as ek verloor, sal ek elke Saterdag vuur pak en braai, hoe's daai?"

"Jy's 'n blerrie Jood, maar oukei, ek dink net ons moet skottelgoed was elke Saterdagaand bysit. Wat dink jy?"

"Heng, jy's rof, Pa, maar ek vat dit soos 'n man. Terloops, ek soek die donkerbruin stewels by Trappers."

"Helvel, jy's die rowwe een, maar hierdie keer verloor jy. Kyk om, dan sal jy die beneukte geitjie sien, ou wydsbeenarms, nog 'n knaap, 'n gesofistikeerde ouer dame en die bleke dink ek is die doktor. Nee, moenie opstaan voordat daar gepraat word nie."

"Wie is jy en wie gee jou die reg om hier naby my huis te wees en dan braai jy boonop vleis ook? Maak dat jy wegkom of ek laat my mense jou met geweld verwyder."

Otto staan stadig op. Sy bruingebrande gesig verloor stadig kleur. Sy oë is op die spreker. "Jy is seker Handford, Doktor reken ek? Jy het my per epos én telefonies aangestel om jou melkery te kom red, en as ek die twee knape langs jou bekyk, kan ek verstaan hoekom. Jy het onderneem om my vandag, amper twee ure gelede al, persoonlik te ontmoet, maar toe stuur jy 'n man met arm-probleme om jou werk te kom doen." Otto grinnik, kyk haastig na sy seun. "Hardus, kry nog twee stoele vir die doktor en sy pragtige vrou. Die beneukte een kan jou stoel kry."

Die klomp staar hom verbaas, byna geskok, aan. Nie een rep 'n woord nie, maar gaan sit op die oopvoustoele wat Hardus neersit.

"Jy ... is voorwaar die vermetelste werknemer wat ek nog ooit gesien het." Dit is die ouer vrou wat praat, haar gesig is vreemd vertrek.

"Dame, jy is baie aantreklik en duidelik die eggenote van die doktor, maar ek ken nie jou naam nie. As jy saam met my 'n bier wil drink, dan kan jy my vertel wat jou naam is en dalk gesels ons, so nie sal ons jou verskoon. Is 'n Castle reg, Dokkie, en vir jou ook, juffrou Venyn?"

Claudine lag, eers huiwerig, dan harder. Die res van haar gesin volg haar voorbeeld. "Jy is die parmantigste man wat ek nog ooit ontmoet het, Stegman, en ja, ek sal 'n bier geniet." Sy kyk na Hardus wat verleë rondtrap. "Jy kan vir my stiefmoeder, haar naam is Lauren, ook 'n bier bring."

"Thys, sal jy by die huis laat weet dat ons hulle later sal sien? En hou my suster hier weg."

"Goed, Doktor, ek sal my bes probeer, maar jy weet hoe moeilik sy kan wees. Wat moet ek sê hoekom kom julle nie dadelik terug nie?" Die groot man kyk na Otto terwyl hy met die doktor praat, maar Otto se oë is op Claudine se enkels.

"My magtig, Viljoen, staan jou man en sê vir haar waar ons sit en wat ons doen."

"Ek moet dít vir haar sê, Doktor? Dalk moet ou Vissie praat, hy is vinniger en jonger as ek." Die woorde is gelaai met onsekerheid en die man se brutale gesig lyk nou bekommerd.

"Nee, gaan jy én Visser, hou net jou radio reg."

"Gaan julle saam braaivleis eet, hier is genoeg?" Otto staan op, stap vuur toe, krap die kole plat en sit die rooster op.

"Dit klink lekker, maar wat dink jy, Lauren?"

Sy kyk na die vuur en glimlag dan vir Harold. "Hoekom nie? Dit sal lekker wees om weer so om 'n vuur te sit. Maar ek kan seker slaaie laat maak. Is julle seker daar is genoeg vleis?"

"Ek het 'n behandelde rooibokribbetjie, tuisgemaakte wors en genoeg varktjops. Het op Upington 'n bak met tamatie toebroodjies laat maak, en hier is genoeg bier."

"Dan is dit reg so, ons kan later laat bier haal as julle s'n klaar is. Waar gaan jy Claudine?"

"Vader, ek gaan in, ek sal maar vir Ursula sê waar julle is en wat julle doen. Oooh hell, she is going to blow her top." Claudine lag, stap dan weg met 'n oordrewe swaai van haar heupe.

"Hmm," dit is duidelik afkeurend bedoel, al glimlag Lauren vir Harold.

"Voor jy die vleis opsit kan ons eers gesels, want ek weet die hel gaan draai as ek nie die geleentheid bywoon nie. My suster se dogter is sestien vandag en ons vier dit vanaand." Harold kyk vinnig na sy vrou, dié bloos.

"Dis waar. Ek moet eerder nou gaan, ons sal die braaivleis moet bedank. Baie dankie vir die bier, Otto, en jy ook, Hardus."

Die twee Stegmans kom orent.

Lauren soen haar man en loop huis toe.

"Dêmmit, Stegman, kan ons gou praat, anders sal ek môre daar by jou huis aankom?"

"Ons kan gou praat, Doktor. ... Hardus, maak die vuur asseblief dood, ons sal by die huis gaan braai."

"Nee, Stegman, braai klaar en as iemand jou kom hinder, vertel hulle jy het my toestemming. Kan ek voor jou seun praat?"

"Jy kan, ons het nie geheime oor sulke dinge nie."

"Goed, ek het jou aangestel as bestuurder by die melkery, ons melk so tweehonderd Holstein Friese. Ek wou die stoetery nog vergroot het."

"Klink baie goed, wat se bulle gebruik jy?"

"Ek het 'n gekwalifiseerde persoon hier wat daardie taak hanteer. Sy is baie knap, maar ek is bevrees my mense vertrou nie haar oordeel nie. Ek dink hulle kan nie aanvaar dat sy so bekwaam is nie."

"Baie mans is maar so, te trots om te erken dat 'n vrou hulle gelyke of meerdere is. Ek is nie een van hulle nie, so daar sal nie probleme wees nie."

"Dankie, ek moet nou gaan ... dit is omtrent die belangrikste wat ek wou bespreek. Het jy enige vrae, Stegman?"

"Nee, dan sien ons mekaar Maandag. Gaan geniet jou partytjie en ek is jammer dat ek jou moes wegruk." Hulle groet, dan stap Harold terug na sy woning.

Dit is reeds skemer toe Hardus die vuur by hul nuwe huis aansteek en dan na sy pa kyk. "Ek weet nie hoe Pa gaan werk en hoe die skool is nie; ook nie in watter koshuis ek gaan wees nie. Maar dit is 'n lekker blyplek dié."

"CVO-Kalahari is blykbaar 'n goeie skool. 'n Paar van die ander personeel wat hier werk, se kinders gaan na Duineveld Hoërskool in Upington, maar aangesien dit die laaste kwartaal van jou standerd agt is, sal jy dit maar hier moet klaarmaak."

"Dit is nou graad tien, Pa, standerds was in jou tyd," lag hy en loer na die draagbare koelkassie. "Pa, jy het gepak, is daar koeldrank vir my ook in?"

Otto lag, gaan sit op die opslaanstoel en knik sy kop. "Wat wil jy hê: Coke of vrugtesap?"

"Skuus Pa, bedoel Pa Coke of Kingsley?"

"Kingsley, ons het die laaste Coke in Upington gekoop en netnou die laastes gedrink, van nou af is die bywoner-kola." Hy staan op, haal 'n koeldrank en 'n vrugtesap uit en gee die kola vir Hardus, wat hom verbaas aangaap.

"Het Pa nou genoeg bier gehad, of is daar iets fout?"

"Geen fout, net lus vir 'n sappie voordat ek 'n Klippies tiep."

"Dankie vir die koeldrank. Wat dink Pa van die vroue hier?"

"Mooi en bederf, gewoond om hulle sin te kry. Ryk en verwend is eintlik die woord. Jy moet praat as ek die bak met vleis moet naderbring, Seuna."

"Pa is seker moeg, so ons kan vroeg braai."

"Nee, ek's oukei, wil bietjie die naggeluide van die Kalahari weer hoor. Dalk bring dit herinneringe terug."

"Goed, mag ek iets vra wat ek lankal wou vra, maar te jonk was om te mag vra, of dalk te weet?"

"Vra maar laitie, ek dink ek weet wat jy gaan vra en jy is binne 'n maand of wat sewentien, laat waai maar."

"Pa ..." hy aarsel, staan op en gaan staan voor Otto. "Pa, hoe voel dit om 'n mens dood te maak? Pa hoef nie te antwoord nie, ek sal verstaan."

Otto staan op, vat Hardus aan sy linkerskouer, roer sy hare deurmekaar, stap dan die huis binne en praat oor sy skouer. "Ek gaan net die brandewyn haal, dalk word die aand langer as altyd."

Enkele minute later sit Otto terug in die stoel, steek 'n Pall Mall aan en lig sy glas. "Op óns, my seun, en ons geluk hier op El Dorado."

"Gesondheid."

"Jy wil weet hoe dit voel om 'n ander mens te dood? Gooi nog hout op dat ek kan praat en as ons hier klaar is, dan nooit weer nie. Reg?"

"Ek beloof ek sal nooit weer daaroor praat nie."

"Hardy, jy moet onthou daar is verskillende redes hoekom jy 'n ander mens se lewe beëindig en hoe jy dit doen. Ek was 'n huursoldaat. Ek moes, om ons plaas te red, geld in die hande kry, en dit was al wat ek kon doen. Na die soldate ontbind het, is ek privaat genader en daar was Heimat, jou moeder en jy. Maar dit is, of was nie maklik ..." Otto se stem vervaag, hy staan op, skink vir hom 'n ander drankie, vat 'n sluk en kyk na Hardus.

"Seuna, die ou wat vir jou sê dit is maklik om iemand dood te maak, praat stront, veral as jy die persoon in die oë kyk. ... Die skok, ongeloof en dan paniek as hy besef dat hy gaan sterf ... elke man beskou homself as onvernietigbaar."

Hardus kom vinnig nader, sit sy hand op Otto se voorarm en druk dan sy kop teen sy pa se skouer. "Dit is genoeg en dankie, Pa. Ons praat nooit weer daaroor nie."

"Hoekom wil jy nie verder hoor nie?"

"Want selfs in die vuur se lig kon ek die seer jou oë sien en ek wil dit nie weer sien nie. Dankie, my pappa."

"Is reg, my seun, en jy het die reg gehad om te vra. Ek moes jou al lankal vertel het, maar jy was te jonk. Kom ons maak klaar, ek is vrek honger."

* * * * * * * * * *

Buite die ligkring druk Ursula Handford haar hande voor haar gesig en voel hoe seer-skok aan haar hart klop.

Stadig draai sy om. Woede tesame met 'n diep hartseer oorspoel haar gemoed. Sy was vroeër op pad om die nuwe werker op sy plek te sit. Die ergste gevoel van irritasie was skaars weg, toe sien sy die aantreklike blondekop man in die vuurgloed. Sy stem, sy woorde en sy lyftaal het al haar venynige woorde eensklaps laat stol, en 'n ander warmte in haar liggaam gebring.

Tydsaam loop sy terug. Sy skakel die solarflits eers aan toe sy weet dat die lig onsigbaar sal wees. Ongemerk sluit sy by die jongklomp aan, staan in die halfdonkerte en kyk hoe hulle dans. Dans – wat anders kan 'n volwasse mens die baldadige rondspringery noem?

'n Paar oomblikke later beweeg sy traag na waar die ouer mense onder 'n groot lapa sit, en neem haar plek langs Harold in.

"Kan ek raai waar was jy, Sus?" Sy gedempte stem is net vir haar ore bedoel.

"Probeer Ouboet, ek is nuuskierig?"

"Jy het gaan kyk waar Cathy heen verdwyn het."

Ursula frons, tel haar wynkelkie op en sien dat dit leeg is.

'n Jongman met 'n swart pak klere, rooi voorskoot en wit handskoene, vul dit haastig.

Sy knik net haar kop vir die jongman, boog dan haar welgevormde wenkbroue vraend in Herold se rigting. "Het sy verdwyn? Saam met wie?" vra sy hom, en glimlag skrams vir haar skoonsuster.

"Saam met een of ander seun wat ek nie ken nie." Harold kyk na die ander gaste, "Weet julle wie die seun is?"

"Ek dink dis een van die polisiemanne se seun. Ek dink hulle van is Koekemoer of so iets, ek weet die pa praat 'n swak Engels."

"Dan sal jy 'n plan moet maak Ursula, julle naam is te belangrik om dit met die laer- en Afrikaanse klasse te meng." Die spreekster lig haar leë glas omhoog dat die kelner dit kan vul.

Selfs in die sagte lig van die lapa is die ergernis op die mooi gesig van Claudine duidelik sigbaar. Sy reageer skerp: "Rachel, dit is nie baie mooi nie, die seun se pa is 'n polisieman, nie 'n bedelaar nie."

Rachel beweeg haar skouers. "Dit is nie wat ek bedoel het nie, Claudine, ek wil net nie hê dat Cathy haarself moet verneder nie."

"Toemaar, los dit, Rachel." Ursula sug. "Ek het nou gesoek, maar ek kan nie onthou waar ek my selfoon gesit het nie, wil jy my nie asseblief bel nie, Claudine?"

Claudine tel 'n goudkleurige Apple-selfoon op, skakel die nommer en frons. "Dit lui, maar ek hoor niks."

"Ek het die klank af gesit, net op die vibreer funksie, maar ek het so pas onthou waar ek dit gesit het. Dankie!" Sy kom orent, "Ek gaan dit gou haal, ek is nou-nou terug."

"Moet ek nie saamstap nie, Ursula?" Die spreker is 'n aantreklike man, donker hare wat grys by die slape vertoon. Hy kom orent, maar 'n nonchalante wuif van haar hand laat hom verleë terug sak in sy stoel.

"Jy behoort Ursula al te ken, Dokter Ken, wil alles mos self en alleen doen," verklaar Rachel.

Hy skud sy kop. "Daar is altyd hoop en man moet aanhou probeer." Hy vat 'n glas en ledig dit.

'n Kelner neem die leë glas en vervang dit met 'n volle.

Ken hou die glas omhoog. "Ek drink op die jeug, Chivas Regal en die verloorders."

"Die jeug!"

"Die jeug en dokter Ken Spears, die beste geneesheer in die Kalahari!"

"Hoor! Hoor!"

Ursula steek vas toe sy Ken se woorde hoor, haal dan haar skouers op. Sy ken die pad baie goed, en in die helder maanlig het sy die flits nie eers nodig nie. Sy is nie bekommerd oor slange nie, want by die veiligheidsheining is elektroniese skoktoestelle aangebring wat alle seilende of kruipende gediertes stuit. By die houthuisie is daar geen ligte nie, net die solarligte op die draad. Sy skakel die flitsie aan, lig rond en stap nader, maar daar is geen teken van die duur selfoon nie. Sy het dit uit haar sak gehaal toe sy moes buk om onder die Wag 'n bietjie deur te loer en nou is dit weg. Sy sak op haar hurke, hou die flits se lig laag op die grond, maar daar is niks nie.

Sy gil, die flits val en sy spring orent toe die stem tussen die haakbos opklink. "Soek jy jou selfoon, Mevrou Handford en terloops, jy het 'n groot dogter hoe is dit dat jy steeds 'n Handford is?"

"Wie ... wat ... hoe!" Sy kyk in die rigting van die stem, voel na die denim se lyfband waar haar 9mm pistool gewoonlik hang en besef sy is die gasvrou by haar dogter se partytjie.

"Ek het jou gehoor toe ons by die braai besig was, gedink jy sou kom groet. Is dit nodig om my af te loer en dit terwyl ek benede jou stand is?" Hy kom agter die bosse uit, selfoon in die hand. Hy hou dit in haar rigting uit.

In die maanlig is hy ongelooflik aantreklik en sy snak na haar asem.

"Dankie ... e ... ee ... Meneer." Sy neem dit uit sy hand en die skok van sy aanraking skiet deur haar lyf.

"Ek is nie 'n meneer nie, ek was op pad om jou selfoon terug te bring toe ek hoor hoe laag ons werkende Afrikaans-sprekende mense is en toe draai ek om."

"Ek is jammer ... dit was nie ek gewees nie." Haar beswaar is skaars hoorbaar en haar beeldskone gesig is pleitend.

"Ek weet, maar jy het niks gedoen nie, jou broerskind het darem 'n poging aangewend." Sy stem is vlymskerp en in die maan se lig lyk sy oë soos twee blou vlamme. "Hoe kan ek vir mense werk wat my taal en my mense minag?"

Vir die eerste keer in baie jare snik Ursula voor iemand, want in die paar sekondes het sy besef dat hierdie man nie uit haar lewe mag verdwyn nie.

"Ek sal dit regstel, asseblief." Sy tree nader.

Haar voorkoms en die sagte, vroulike reuk slaan hom soos 'n voorhamer. "Dink ek sal maar môre my goed vat e..." Hy kan nie verder praat nie, want sy bars in trane uit en gooi haar arms om sy nek.

Iewers buite brul 'n leeu, uitdagend en hard.

Hier! 'n Leeu in die Kalahari op 'n plaas? Kan dit wees en hoe kom dit hier? Voor hy verder kon dink, word hy bewus daarvan dat hy 'n snikkende, beeldskone vrou, nogal sy nuwe werkgeefster ook, in sy arms vashou.

Otto kreun saggies, streel oor haar rug en met sy regterhand druk hy haar styf teen hom vas. Hy kan die slanke liggaam teen hom voel smelt. Sy mond word droog en hy treë effens terug toe hy die ontwaking van sy manlikheid voel beweeg.

"Ontspan, ek is seker die leeu is baie ver weg." Saggies maak sy haar uit sy omhelsing los, lomp probeer sy die trane met haar vingers afvee.

"Hierso Tannie, dit is 'n skoon sakdoek. Skuus Pa, ek wou nie afloer nie, net die tannie sien huil en ek weet hoe lomp is jy met trane." Hardus hou die blou sakdoek uit.

Met 'n dankbare glimlag neem sy dit. Draai haar rug op hulle en raak doenig voor haar gesig.

"Is ek in die sop, Pa?"

"Nee, jy is nie," reageer sy terwyl sy omdraai en na hom kyk. "My naam is Ursula en dankie. Kan ek jou sakdoek nog bietjie leen, asseblief?" Sy glimlag skaam, maar stralend.

"Ek is Hardus en tannie Ursula kan die sakdoek maar hou." Hy steek sy regterhand uit.

Sy plaas haar regterhand in syne, staan dan nog 'n bietjie nader, lig haar kop en soen hom op die wang.

"Heng, soos altyd doen ék die werk en jý word bedank," brom Otto glimlaggend, vryf Hardus se hare deurmekaar. "Seun, dit is my nuwe werkgewer, een van hulle, en ek dink jy kan haar in Engels aanspreek, maar mevrou of mejuffrou ..."

Sy val hom in die rede, "My naam sal tannie Ursula wees en ek gee nie om of jy Afrikaans praat nie, maar myne is effens verroes."

"Tannie Ursula, ek glo ek sal maar min kans kry om te gesels, maar my oorlede moeder was Engels en ek het met haar Engels gepraat," sê hy sonder 'n aksent, en foutloos in Engels.

Haar oë trek verbaas. "Goed, dan oefen ek my Afrikaans op jou en dan weet ek jy sal nie lag nie." Sy kyk na Otto en haar tande flits wit terwyl sy hom in Engels aanspreek. "Die leeu is een van die mannetjies wat deur die trop uitgeskop is, ons hou hom en twee ander in die kamp aan. Jy sal dit alles leer wanneer Thys jou die plaas wys." Onmiddellik sien sy die snaakse trek in sy regter mondhoek. "Jy hou nie van Thys nie?"

Hy knik sy kop.

"Goed, dan sal ek iemand anders kry. Dalk kan Vellies jou neem, maar ek sal nou moet gaan, die mense gaan bekommerd raak. Dankie vir alles, Otto, en jý Hardus."

"Wag, ek ... ons loop saam tot naby die huis. Ek dink jy sal die selfoon moet antwoord, dit hou aan met vibreer."

"Ek het dit nie eers gehoor of gevoel nie." Sy kyk na die verligte skermpie en steek vas. "Wil julle nie saam kom kuier nie, asseblief?"

"Dankie, maar liewers 'n ander keer, die mense moet my eers leer ken en aanvaar. Ek's baie bly ek het jou ontmoet. So, ons sal mekaar seker Maandag sien?"

"Ek sal Vellies môre oorstuur met 'n vrou om in die huis te werk." Sy soen Hardus op sy wang, staan dan op haar tone om dit met Otto ook te doen, maar hy draai sy gesig en die soen val vol op sy mond. Haar oë rek en sy vat aan haar lippe. "Sjoe!" draai haastig om en vlug behoorlik na die verligte tuin.

Otto en Hardus loop stadig terug na hulle tuiste.

“Pa, heng, sy’s blerrie mooier as ‘n filmster en ek dink jy het kontrak met daardie soen vasgemaak.” Hy lag vrolik, koets toe sy pa ‘n speelse hou na hom meet en hardloop laggend die houthuis binne.

Otto stap die kombuis binne, vat ‘n koue Lion uit die yskas en praat in die gang af. “Seuna, ek’s nie vaak nie, dink ek is oormoeg en gaan ‘n bier of wat buite drink.”

Hardus se tergende stem is gedemp agter die toe deur. “Is dit oormoegheid, Pa, of is die slapeloosheid nie dalk Ursula-koors nie?”

“Jou dinges man! Sy is buitendien te ryk en te Engels vir my. Waar kom jy ewe skielik aan die slimmigheid? Loop slaap en onthou jy maak ontbyt. Nag, Seun, of kom jy later uit?”

“Nag, Pa, Nee, ek wil my Doc Immelman boek klaar lees. Ek maak ontbyt en onthou ek’s lief vir jou.”

“Dankie, ou seun, en ek vir jou.” Hy trek die agterdeur toe, en sit die bier, die klein koplampie en die ou Tokarev TT 30 9mm parabellum pistool op die tafel neer. Hy steek ’n sigaret aan, vat dan ‘n lang sluk bier, terwyl hy die dag oorpeins.

Wat hy so vlugtig van die plaas se infrastruktuur gesien het, is dit mooi en netjies, soos ‘n plaas moet wees.

Sy gedagtes dwaal na die mense wat hy ontmoet het. Eerstens die doktor en sy vrou ... daai is ‘n begeerlike en warm vrou, miskien te warm vir die doktor. Claudine is ’n vurige mensie en ‘n handvol, maar tog reguit en pro-Boer. Dan is daar die bombastiese kruiper Viljoen, en hy weet instinktief dat voor die week verby is, sal hy bakarms moet grond toe bring.

Hy druk die sigaretstompie in die leë sardiensblikkie dood en vat nog 'n sluk bier.

Ursula spring in sy gedagtes op, en meteens soek hy na sy pyp. "Verdomp, hy lê seker iewers in 'n boks." Sy hand vries in die lug waar dit uitgestrek is om die pakkie sigarette nader te trek toe Hardus onverwags vanuit die deur praat.

"Ontspan Pa, hier is jou pyp." Slegs in 'n voetbalbroekie geklee, sit Hardus sy rookgoed op die tafeltjie neer en gaan sit in die ander stoel. "Sy het jou geskud, nè, ouman?"

"Dankie vir ou Krommes, jy't my gedagtes gelees. Van wie praat jy?" Vir die eerste keer in 'n lang tyd sukkel hy om die pyp te stop.

Hardus vat dit uit sy hande, stop en gee dit terug.

"Dankie, weet nie wat gaan aan nie, dalk is ek oormoeg."

"Ek glo jy is moeg, maar dit is nie dit nie, Pa. Vir die eerste keer in baie jare is jy geruk en jy weet nie hoe om dit te hanteer nie." Hardus maak 'n vars bier oop en sit dit voor Otto neer.

"Heng, ek het geweet jy het baie talente, maar kon nooit raai dat jy 'n siener is nie. Wat het jy gesien, laitie, en hoekom praat jy so snaaks?"

"Pa, jy moenie kwaad word nie, asseblief, ek gaan reguit praat."

"Natuurlik, dit is mos hoe ons twee praat en leef, reguit sonder enige pretensies. So, laat waai."

"My ma is nou reeds meer as tien jaar oorlede, dit was 'n ongeluk, maar dit was ook haar eie skuld. Sy het gemaak dat ek groot geword het sonder die liefde van 'n moeder, en jy 'n vrou moes deel met ander mans." Hy lig sy hand omhoog toe dit lyk of sy pa iets wil sê. "Luister en moenie my keer nie, Pa, ek weet dit en ek weet hoe het jy verander. Vroue kon jou nie weerstaan nie, maar jy het hulle net geïgnoreer, gelag en verdwyn. Maar hier is jou nuwe werkgewer ... en met die eerste kyk raak julle uit julle veilige baan geruk."

"Heng dokter, maar jy ken. Ek dink jy het effens vergeet dat ek niks het nie, Heimat behoort nou aan 'n sekere Piet Mofokeng."

Hardus staan op en vat sy pa aan die linkerskouer. "Dan moer jy hom boonop hospitaal toe, en dit omdat hy vir jou gesê het jy moet Engels praat."

"Op Heimat word daar Afrikaans, Duits en Swahili gepraat. Helsem! Dan bied hy my nog 'n werk aan! Wat verwag jy anders?"

"Maar dit is nie waaroor jy hom geslaan het nie. Ek het by ou Isak gehoor hy het op oupa en ouma se graf gepis."

"Ja, hy het, en dit was nie nodig nie, daar is talle onder plekke."

"Ek sou dit ook gedoen het, al was dit 'n ander Afrikaanse man. Wat gaan gebeur, ek hoor hy't gesê as hy uitkom gaan jy boet?"

"Hy moet maar doen wat hy wil. Ek dink ek gaan nou slaap, kom help my die goed invat, asseblief."

Enkele minute later hou hulle Godsdiens en gaan slaap. Otto het skaars sy kop op die kussing neergelê of hy is weg, droomloos in droomland.

Hoofstuk 2

Die son loer skaam deur die venster toe Otto wakker word. Hy vlieg op. Kyk na die selfoon, skud sy kop en praat hardop met homself. "Hel ou, jy raak wragtig sleg, wanneer het jy halfsewe nog gelê en slaap?"

Hy stap haastig kombuis toe, sien sy koffiebeker staan langs die ketel met 'n briefie teenaan. Hy maak dit oop en lees:

Jis Pa, jy't so lekker geslaap, ek wou jou nie wakker maak nie. Ek is saam met tannie Ursula dorp toe. Daar is 'n plastiese bak met braaivleis, slaai en toebroodjies in die yskas. Maak dit warm in die mikro en moenie op my wag nie. Ons kan dalk eers donker terug wees, ons ry Upington toe en gaan met die skoolhoof gesels. Hulle is huisvriende met tannie Urs en ek vat al my dokumente saam. Ons gereël dat Vellies pa so teen negeuur kom sien.

Lief jou.

XXX

Die drie soentjies is beslis deur 'n ander, vrouliker hand getrek en hy skud sy kop. "Laitie, lyk my jy gaan 'n hartebreker-pad stap, maar ek weet jy sal nie val nie. Dankie, my seun."

Hy vat sy koffie saam kamer toe en trek 'n kortbroek, kakiehemp en veldskoene aan. Daarna gaan sit hy met die tweede beker koffie op die stoep en rook. Sy oë dwaal oor die pragtige natuurskoon van die berg.

Na die tweede beker koffie, gaan maak hy van die wors en skaaptjops in die mikrogolfoond warm. Hy skuif die slaai eenkant toe en kies ‘n broodjie om saam met die vleis te eet.

Hy hoor die voertuig dreun voordat die wit Willys tussen die soetdorings verskyn. Dit hou so twintig treë van die stoep af stil en ‘n man en vrou, so van geelbruin kleur, kom nadergestap.

Die man kan enige iets van vyftig tot sewentig wees, hy haal sy laphoed af en die digte, kroeshare is byna sneeuwit. “Môre, Meneer, ek is Vellies Kortman en dit is Dora Fielies.”

“Môre, julle twee.”

Hulle gaap hom verbaas aan toe hy hul beide met die hand groet

“Nou vertel vir my, Vellies, wat gebeur nou?”

“Meneer, jy gaan net vir Dora wys wat gaan vir wat in die huis dat sy dit kan opfieks, en ons gaan bietjie die plaas deurry.”

“Nou dit is die beste nuus wat ek vandag gehoor het. Kom ons gaan wys vir Dora wat sy moet doen en pak die koelkassie vir ons, hoe haastig is ons, Vellies?”

“Jo, Meneer, dit is nie vir een dag se ry nie, die Kalahari laat hom nie op jou tyd ry nie, hy maak die tyd.” Hy vat die koelkassie en kyk vraend na Otto. “Meneer vat nie ‘n geweerding saam nie?”

“Hier aan my belt, onder my hemp, is ‘n pistool en dit is genoeg vir my. Maar ek het gesien jy het ‘n geweer in die Jeep. Hoekom?”

"Meneer, die Lee Metford is vir jou hier, ons kry dit maar nodig met bees wat by die berg geval het, of slange en partykeer dan vang spikkelkat onder die lammers. Dan maak ons die draadstelers ook skrik, skiet net in die lug in."

"As ek 'n geweer vat, Vellies, dan maak ek nie skrik nie, maar kom, laat ons die pad vat."

Hulle stap na die Jeep, en Otto sien Vellies dwing passasierskant toe. Hy keer haastig. "Ek ken nie die gebied nie, ek is passasier en sal hekke ook oopmaak. Jy ken die pad en die plaas. Jy kan my alles vertel terwyl ons ry."

Deur die loop van die dag vra hy Vellies uit oor die plaas en die boerdery. Vellies antwoord dan breedvoerig met heelwat meer inligting as wat Otto verwag het om by hom te hoor.

Eindelaas parkeer hulle weer by Otto se huis. "Hier's ons, Meneer, ek los die Jeep hier dan kan meneer môre stal toe kom."

"Kan ek julle nie gaan aflaai nie, dit is al amper sesuur?"

"Nee, Meneer, die ander kombi ry oor 'n halfuur, ek ry sommer saam hom. Ek dink Dora is lank se tyd al klaar. Dan sien ons vyfuur se kant by die môre. Night, Meneer." Hy draai om en stap in die rigting van die store.

Otto groet, stap die huis binne en pak alles wat oorgebly het uit die koelkassie terug in die yskas. Dan loop hy deur die kombuis, eet/sitkamer en ander vertrekke. "Sjoe, Dora, ons sal sukkel om die plek so skoon te hou," mymer hy.

Terug in die kombuis skakel hy die ketel aan, maak koffie en gaan sit op die stoep. Hy rook die kromsteel. Sy gedagtes dwaal na alles wat hy vandag gesien het en grynslag tevrede. Die plaas is ongelooflik netjies en daar is beslis geen te kort aan geld nie, maar die moontlikhede is byna onbeperk.

Hy hoor ‘n motorfiets se dreuning vanuit die store se rigting. ‘n Paar minute later hou die 350cc Honda stil en ‘n grinnikende Hardus klim af. Dié haal 'n groot inkopiesak van die drarak af en stap nader.

“Yes, Pa, en as pa so alleen sit?”

“Yes, ou, sal nie verbaas wees as jy die volgende keer met ‘n nuwe Mercedes hier stilhou nie. Was julle in Kaapstad?”

“Nee, ons was Upington toe, ek het Hoërskool Duineveld se skoolhoof, doktor Lou Barnard, ontmoet en sommer ingeskryf. Tannie Urs se dogter, Cathy, was saam en sy is nie mooi nie, Pa, sy is moer mooi. Dan ook Marilyn en Terrance, wat saam my ingeskryf het.”

“Oukei, sal later vra, maar ek het nie geweet Ursula het drie kinders nie.”

“Nee, sy het net vir Cathy. Terrance en Marilyn is die suster net jonger as sy, se kinders. Hulle ouers het paar maande gelede in ‘n motorongeluk gesterf en hulle bly ook nou hier,” hy aarsel, kyk sy pa met vernoude oë aan. “Maar daar is iets wat gaan lol, maar dalk help die rykdom en die Handford-naam.”

“Wat bedoel jy?”

“Hulle pa was glo ‘n fynbesnaarde kunstenaar. Ek het van sy skilderye in die huis gesien en hy was goed. Terrance is ook soos sy pa, aangenaam maar ‘n sagte seun. Hy gaan geboelie word op skool en in die koshuis. Ek het sommige van daai ouens gesien, harde boerseuns en ek is bevrees die Handfords se geld gaan hom nie help nie."

"Gaan jý?" Pa en seun kyk stip na mekaar, dan knik Hardus sy kop

"Goed, dan sorg jy dat jy genoeg ooggetuies het. Hoe lyk Ursula se dogter?"

"Soos ek gesê het, ek het nog nooit 'n mooier meisie gesien nie. Marilyn is self mooi, maar op 'n fyner manier, lyk soos 'n poppie. O, en nie een van die twee het 'n woord met my gepraat nie, net ek en Terrance het gesels. Daai outjie is skytbang, Pa, en hy gaan swaar leef."

"Wel, solank jy jou kant skoon hou, is die saak reg. Het julle in die koshuis ingeboek?"

Hardus knik.

"Dan neem ek aan julle is in een kamer. Nou verstaan ek baie dinge." Alhoewel Otto se stem gelykmatig is, is daar iets in sy oë wat Hardus goed ken ... en innerlik sidder hy.

"Pa, ek gaan reguit praat, en asseblief, moenie my kwalik neem nie." Hy help nie sy pa reg deur te noem dat slegs hý in die koshuis ingeboek is nie. Dit gaan die gesprek net onnodig in 'n ander rigting stuur, en hy móét vir sy pa sê wat hy nou op die hart het.

"Nou toe, praat."

"Ek weet jy dink tannie Ursula is net vriendelik met ons omdat sy haar suster se seun wil beskerm, en ek is redelik fris. Maar ek dink dit is nie so nie, ek het haar oë in die truspieëltjie sien flikker elke keer as ek en Terry oor pá praat."

"Wat probeer jy sê, Seun?"

"Ek dink sy het verlief geraak op jou. Dit gebeur met elke vrou wat Pa ontmoet."

"Hel, laitie, hoekom het ek dan nog nie vir jou 'n stiefma gekry nie?" Hy lag en steek weer die pyp aan.

"Pa, daar is iets in jou houding en veral in jou oë wat die vroue laat pad vat."

"Wat in my houding en oë?"

"Daar is wantroue en veragting, soms haat in jou oë wat hulle verdryf. Ek weet, want baie het by my kom kla en huil daaroor."

"Ek't nie geweet dat hulle so daaroor voel nie. Ek sal werk daaraan."

"Jy sal moet, want die wantroue en haat dryf jou. En hierdie breker, Thys, gaan een of ander tyd gatvol raak en jou vasvat. Terry het my vertel dat Thys se seun ook een van die groot brekers op Duineveld is."

"Wat dink jy moet ek doen, gehoorsaam wees aan Viljoen?" Hy kyk skeef na Hardus wat uitbars van die lag. Na 'n rukkie glimlag hy flou saam. "Hoekom lag jy?"

"Dat pa gehoorsaam sal wees, ek kan nie glo pa het dit gesê nie. Al wat ek vra, as pa hom moer, moenie die ou 'n invalide maak nie. Ek like dit hier."

"Like? Nou kan dit wees oor 'n sekere aanvallige dametjie?"

"Dalk is dit, en ook kry ek 'n aanvallige stiefma," die laaste woorde uiter hy net voordat hy die huis binne spring.

"Swerkater, ek looi jou, laitie!" Hy volg Hardus binne toe. "Wat het ons alles hier? Ek is lus om in die sak te kyk, want ek kan sweer ek ruik pannekoek."

“Spesiaal ‘n dosyn vir pa saamgebring. Ek gaan bad en slaap, môreoggend so by tienuur se kant ry ons. Die skool begin wel eers Woensdag, maar ons moet alles regkry.”

* * * * * * * * * *

Daar is net twee melkers en Clara Louw by die stal toe Otto om halfvyf die volgende oggend daar instap. Hy stel homself voor en roep Clara na die kantoor.

Clara lig hom in hoe dinge werk en die uitdagings wat sy ervaar. Die stemtoon waarmee sy praat, bevestig eintlik net dit wat hy reeds by Harold gehoor het.

“Laat ek opsom, Clara, die groot probleem is omdat die werkers en ander personeel nie die bevele van ‘n dame uitvoer nie.”

“Dit is reg, meneer Stegman, hulle kan nie glo dat ek ‘n groter melkery bestuur en ontwikkel het nie.”

“Die eerste ding is, my naam is Otto en die tweede ding gaan ons nou regmaak, ek sien ou pitsweer armpies wil my kom opdreun.”

“O magtig, hy is ‘n kampioen stoeier en gewigopteller. Wees versigtig, bly in sy goeie boekies, asseblief, Otto.”

“Hey jy, wintgat, kom hier dat ek jou maniere kan leer! Hier op dic plaas is ek die een wat besluit wat gedoen moet word. Hoor jy my?” Thys kom dreigend nader, maar steek vas omdat Otto hom totaal ignoreer en na die kraal voor die stal loop. Hy volg hom haastig. “Haai dom gemors, waar gaan jy heen? Ek praat met jou!”.

Otto steek vas voor 'n tiental werkers. "Luister hier en luister mooi, Viljoen. Ek gehoorsaam slegs die Handfords se bevele en dit is finaal."

"Helsem! Jou ma se ... Voor ... " Thys brul, vloek lelik en storm op hom af.

Na die skermutseling, draai Otto na Clara wat daar aangehardloop kom. "Ek dink jy moet dat die manne maar begin werk. Twee van hulle kan hier wag tot die ambulans hom gelaai het. Hulle moet net kyk dat hy nie versmoor nie." Dan draai hy na die stom en geskokte melkers. "Kom manne, laat ons begin, die son trek water."

Dit is al na tien toe hy na die kantoor van doktor Handford ontbied word. Die kantore is groter en luukser as wat hy gedink het.

"Ek is Stegman, doktor verwag my."

Grootoog, soos die res van die kantoorpersoneel, neem die ontvangsdame hom na die groot kantoor en kondig hom aan.

"Môre, ek neem aan julle is die indoenas, en ek glo julle ken my."

"Môre, Otto. Sit asseblief, ek stel almal gou voor."

"Aangenaam." Otto gaan sit in die enigste leë stoel.

"Heng Stegman, ek weet Thys het dit gesoek, maar was dit nodig om hom so hard te slaan? Kakebeen drie plekke gebreek, vier ribbes af en dit met twee houe. Hoekom soveel in die houe sit? As ek die eindresultaat sien, kon jy maar sagter geslaan het."

"As hy my beledig of gevloek het, dan het ek hom net geklap. Maar hy het *twee dinge* name genoem wat hy nie voor my moet doen nie, nie hy of enige mens nie. Nooit nie."

"Wat is dít, Otto?"

"Moenie my moeder vloek nie en ook nie die naam van my God nie. Dan verloor ek dit."

Die klomp kyk na mekaar en Harold staan op, steek sy hand oor die lessenaar uit. Otto neem dit.

Harold kyk weer na die ander. "Ek admireer en keur dit goed, die ding oor Thys sal ons sien as hy ontslaan word. Baie dankie, Otto, jy kan gaan."

"Dankie, Doktor, en dankie, julle ander ook." Hy praat met almal, maar sy kykers smelt in dié van Ursula vas. Sonder 'n verdere woord draai hy om en verlaat die vertrek.

Op pad na die melkstal, steek hy vas toe een van die bodes hom roep. "Meneer Stegman, asseblief, mevrou Handford is op die lyn, sy wil met jou praat." Die man blaas en hou die selfoon na hom toe uit.

Hy vat dit en probeer onthou wat Harold se vrou se naam is. "Stegman, kan ek help, Mevrou?"

"Sondag was ek nie mevrou nie, is u nou weer 'n Meneer?" Sy giggel opgewek, haar stem is warm en soet in sy oor.

"Jou stouter, jy is geskei en ek weet mos nie watter aanspreekvorm jy gebruik nie."

"Otto, as jy met my praat, is dit Ursula en dit geld ook gedurende werk of so, asseblief."

"Reg so, Ursula, en waarmee kan ek help?"

"Ek wil jou en Clara so net na twee in die stalkantoor spreek. Ek skuld jou 'n verduideliking, asseblief."

"Goed, en het ek my verbeel of het jy iets gesê van pannekoek saambring?"

Haar lag weerklink weer in sy ore, en oombliklik lag hy ook.

"Ek moet erken, ek het nog nooit self pannekoek gebak nie." Sy klink skielik verleë.

"Toemaar, ek ook nie, sal ou Hardus moet vra om ons te leer. Skuus, hy drool so oor sy tannie Urs, dalk moet hy jou leer."

"Briljante idee, en Otto, jy kan trots wees op hom, jy was 'n goeie pa vir hom gewees, en is steeds. So, dan sien ons mekaar oor 'n paar ure."

"Tot later."

Ursula stap net na tweeuur die kantoor binne. Sy maak die deur agter haar toe en neem plaas op die stoel wat Clara haar aanbied. "Hallo julle, ek gaan dadelik begin. Het Clara jou vertel wat aangaan?"

Otto staan op, stap tot by die venster, draai om, kyk Ursula met vernoude oë aan. "Soort van, maar ek het meer by Vellies gehoor, en ek is nie gelukkig nie."

Sy word eers rooi, toe bleek terwyl sy hom half onseker aanstaar. "Hoekom is jy nie gelukkig nie, en hoe kan ek dit regstel?"

"Ek is aangestel om die melkery te bestuur. Hier aangekom is daar openlike vyandigheid teenoor my, en Clara weet net so veel, nee, méér as ek van die melkery. Is ek is eintlik net laat kom om kakebene te breek en die mans bang te maak?" Sy gesig is stroef en in die blou van sy oë is daar 'n harde, koue lig.

"Nee!" Ursula spring op, wys met haar kop vir Clara om uit te gaan. Die deur het skaars agter Clara toegegaan of Ursula bars in trane uit. Vir 'n tweede keer is sy in Otto se arms, maar hierdie keer snik sy nie, sy huil driftig.

Ongemaklik staan hy daar, weet nie wat om te doen nie. Hy kreun en dan druk hy haar styf teen hom vas. Byna onmiddellik reageer sy manlikheid.

Sy lig haar betraande gesig en met stromende oë prewel sy. "Soen my, asseblief?" en hy gehoorsaam.

Buitekant gil 'n vrou, hard en luidrugtig, maar hulle hoor dit nie eers nie.

Hoofstuk 3

Hardus voel hoe die woede deur hom ruk. Vinnig sluit hy sy oë en stap na die kring jillende kinders.

In die middel staan 'n doodsbleek Terrance, sy skraal lyf rukkend en agter die brille is sy oë groot. Voor hom staan die fors, byna reusagtige, figuur van Mathew Viljoen.

Net soos sy pa, Thys, is sy arms bak en sy houding dreigend. "Ek sê, poefter, eet jou toebroodjies van die grond af, moenie dink omdat jy familie is van die Handfords, almal moet voor jou kruip nie. Buig jou muskietnekkie en vreet dit, sonder om daardie wit handjies van jou te gebruik."

"Mathew! Wat maak jy? Dit is my nefie en hy is baie kleiner as jy. Los hom dadelik!" Cathy se mooi gesig is vertrek van woede en iets soos weersin.

"Hey Brokkie, jy is op Duineveld, nie El Dorado nie, hier is dit die sterkste wat tel. So, wees bly ek laat jou nie saam vreet nie. Moenie so staan en rooi word nie, kom soen my eerder met daardie lekker bekkie."

"Jou ... jou vark. Weet jy met wie jy praat?"

"Ek weet, Brokkie, en jou oupa gee nie om nie. My pa bestuur sy plaas en julle loop net met stywe half-kaalgat klere rond, veral jou ma."

"Wie is jou Brokkie en los my ma uit."

"Jy is 'n nikswerd bedorwe brokkie en jou ma niks meer as 'n ryk slet nie." Hy kyk na die kinders voor hom, sien die afkeur op hulle gesigte en besef hy het te ver gegaan. "Oukei, jy's 'n ryk teaser, dit is al ..." 'n Harde stem knip sy woorde kort.

"Trek jou woorde terug, vettie, en eet jy liewer die kos van die grond af." Hardus stap nader, sy houding amper verveeld en daar is minagting op sy gesig.

"Kyk wie het ons hier, ek gaan jou moer soos my pa seker teen hierdie tyd al met joune gemaak het. Gaan sak af langs poefter en vreet saam." Die groot seun stap dreigend nader, maar steek vas as Hardus vir hom lag.

Mathew lig sy reuse vuiste. "Kom proe hoe moer 'n boer." Sy regtervuis skiet blitsig uit, maar tref slegs wind.

Hardus se bewegings is byna te vinnig vir die oog. Sy regterskouer sak, dan die linker, twee klapgeluide volg en Mathew val langs Terrance op die gras neer.

Bloed loop uit sy neus en mond, sy oë lyk waterig en geskok. Hy druk op die gras, maar kan nie orent kom nie. Hy loer vlugtig na Hardus, in sy oë het die verbasing plek gemaak vir vrees.

Hardus kom nader.

Mathew keer met sy hande voor sy gesig; en die reuk van urine is skerp.

Hardus steek sy hand uit, help Terrance orent en kyk weer na Mathew. "Ek kan sien jy's honger, terwyl jy daar is, eet sommer die toebroodjies. Nee, moenie jou hande gebruik nie, eet van die gras af."

Mathew gehoorsaam en met 'n steeds bloeiende mond, hap-hap hy na die broodjie.

"Kom ons waai, Terry."

Respekvol maak die kring ‘n gaping oop. Die twee loop tussen die ander skoliere deur in die rigting van die skoolgebou, dan skel die sirene die pouse tot ‘n einde.

“Dankie, ou Hardy, maar ek dink jy is in die moeilikheid, maar ek is seker oupa sal kan help. Kom ons gaan klas toe.” Hy steek vas en wys na twee witgeklede figure by die klompie kinders. “Ek dink die mediese ouens vat Mathew weg.”

Dit is stil in die Afrikaanse klas. Hardus kyk stip na die onderwyser en vermy die nuuskierige blikke en fluistergesprekke.

Dit is eers tydens die laaste periode wat Hardus en Terrance na die prinsipaal se kantoor ontbied word.

Van die joviale doktor Lou Barnard wat hulle ontmoet het, is daar nie veel oor nie. “Ek gaan nie tyd mors nie en reguit praat. Dit sal ook die laaste keer wees wat ek enige van julle oor so iets wil sien. Is dit duidelik?”

“Ja ... ja, Doktor.” Terrance se hande bewe en sy stem ook.

“Goed, Doktor.” Die bruin oë wyk nie ‘n millimeter voor dié van die prinsipaal nie.

Dit is Barnard wat sy kykers eerste laat vlug. “Ek weet waaroor dit gegaan het en jou optrede het genoeg verweer, maar die verdediging was te heftig en aggressief. Duidelik?”

“Duidelik ...” Hardus wil nog verder praat, maar hy word met ‘n handbeweging stilgemaak.

Barnard staan op en maak die deur toe. “Jy weet, jy het geskiedenis gemaak, Hardy, ou seun?” Hy gaan sit op die hoek van die lessenaar.

“Geskiedenis, Doktor?”

“Ek sal graag jou pa wil ontmoet ... ek weet waar jy jou vegsvernuf vandaan kry.” Hy glimlag, swaai sy linkerbeen heen en weer.

“Ek verstaan nie, Doktor?”

“Die Engelse het ‘n uitdrukking ‘like father, like son’ en dit is so. Mathew se pa het jou pa probeer aanval. Die geskiedenis is, pa en seun deel ‘n kamer en lê langs mekaar in die hospitaal.” Dan bars hy uit van die lag, en skamerig volg die twee seuns sy voorbeeld.

Dit neem omtrent tien minute voor die drie tot bedaring kom. Barnard is die laaste om sy ewewig te herwin.

“Manne, daar is nog iets, hoe goed is jy in sport Terrance, enige sport?”

Hy laat sy kop sak en kyk na sy bleek, slanke hande, “Geen sport nie, Doktor, ek het nie juis die regte liggaamsbou nie. Hoekom vra Doktor?”

“Want ek ken kinders, Terrance, en ek ken veral die bullebakke ... hulle gaan hulle held se vernedering wreek. Waarskynlik eers op jou, dan op Hardus.”

“Moenie bekommerd wees nie, hulle sal nie met Terry voor my lol nie.”

“Ek glo jy weet hoe om jouself te handhaaf, maar teen ‘n oormag?” Barnard lig sy wenkbroue veelseggend.

“Doktor, my pa het my geleer veg, maar hy het my nog ‘n ding geleer: as ‘n paar ouens jou pak, dan pak hulle in werklikheid mekaar, jy gebruik hulle bewegings teen hulself."

"Dit maak sin. Jou pa het duidelik afrigting gehad ... in watter soort tegniek is hy opgelei?"

"Hy het in Japan verskeie soorte style geleer en die beste daaruit gekombineer. Ek gaan, as ek iewers plek kry, vir Terry afrig, en ek glo die klomp bullebakke gaan die verrassing van hulle lewe kry."

"Daarmee stem ek heelhartig saam. Ek het die plek vir julle, en as jy nie omgee nie, sal ek graag my seun, Magnus, ook wil stuur? Hy is nou vyftien en net so skraal soos Terry. Het hulle karate klere nodig of wat? Daar is 'n hele spul wat ek gekoop het, in die hoop dat dit Magnus sou aanspoor om te oefen, maar dit lê net en wag vir die motte."

"Dankie, Doktor. Die groot ding is om ongesiens daar te kom en nie agterdog te wek nie." Hardus aarsel en kyk na Terrance. "Daar is net een probleem ... ek is in die koshuis, maar Terrance, sy suster en Cathy bly in 'n huis naby die skool."

"O, ek't nie geweet nie." Hy kyk verbaas na Hardus. "Maar dan kan julle mos daar oefen?"

"Nee, Doktor, tannie Ursula, het die plek gekoop, en tannie Let neem die huishouding waar – sy is een van die mans wat op die plaas werk, se vrou. Dit is net vir ons drie se gebruik bedoel en ons mag nie ander kinders daar entertain nie," reageer Terrance skaam en bloos. Dan uiter hy die ander twee se gedagtes hardop uit, "Dit is lekker as jy te veel geld het, nè?"

"Ja, dit is lekker. Hoe ver is dit plaas toe, so om en by tweehonderd kilo's?"

"So honderd-en-tagtig kilometer se koers tot by die paleis reken ek." Hardus se stem klink droog.

"Te ver om elke dag te ry en julle gaan seker naweke huis toe?"

"Ja," antwoord Terrance, "maar net ek, Marilyn en Cathy, behalwe as daar sport of iets is wat Cathy wil bywoon of kyk."

Barnard frons. "Ek het nooit geweet dat Cathy aan enige sport deelneem nie."

"Sy doen nie ... seker te goed en te mooi. Maar daar is 'n dansafrigter wat vier keer 'n week by ons huis is." Daar is iets soos skaamte en verbittering in sy stem. "Ek moet saam calypso, tango en ander snert doen." Hy kyk verleë weg toe die ander twee giggel.

"Ons lag nie vir jou nie, my maat, ons lag vir die uitdrukking op jou gesig."

Na 'n kort stilte, sê Barnard: "Ek gaan Ursula bel en reël dat julle twee 'n kamer in die koshuis deel, die koshuisvader is Tor van Rensburg. Ek sal moet hom praat. Dit bly ons geheim. O ja, en noem maar net dat julle vandag streng berispe is. Totsiens, manne."

* * * * * * * * * *

Doktor Barnard het duidelik baie goeie onderhandelingsvermoë, want Terrance trek sommer die volgende dag al by Hardus se koshuiskamer in.

Vrydag breek aan.

Tydens pouse sien Hardus vir Terrance by Marilyn, Cathy en twee ander staan en gesels. Glimlaggend stap hy nader.

Sy droom spat aan skerwe toe die woorde wat hom toegesnou word, soos yswater oor hom spoel. "Is jou vel net so dik as wat kop dom is? Kan jy nie sien jou soort is nie welkom in ons geselskap nie?"

Hy staan geskok, voel hoe die bloed na sy gesig stroom. Dan draai hy om en loop weg; stap by die ander skoliere verby en gaan staan by 'n boom.

"Hel, my maat, ek is so jammer, ek het nie geweet sy is so giftig nie."

"Is reg, ek het my plek vergeet. Vergeet dit, hoe laat sien ons vir Magnus vanmiddag?"

* * * * * * * * * *

Mathew is weer terug by die skool, sy gesig is geswel en hy dra 'n stut om sy kakebeen. Hy vermy kontak met Hardus, Terrance en ook die res van die skoliere. In die klaskamers word Mathew deur onderwysers geïgnoreer.

Hardus, Terrance en Magnus is pouse diep in gesprek.

"Hoe is dit moontlik, Hardy?" vra Terrance, duidelik stomgeslaan. "Hy was so gewild en die ander ouens was vrekbang vir hom. Nou is hy die uitgeworpene en jy die held."

Magnus glimlag skeef, geheimsinnig, "Want julle sal dit die laaste periode oor die interkom hoor. Hy is gekies vir die Nasionale Stoeispan van Suid-Afrika en het 'n beurs gekry om aan Paarl Gimnasium verder te studeer."

"O, is dit 'n skool of wat? En waar is Paarl?" Terrance frons.

Magnus vat sy selfoon. "Kom ek wys jou op Google, my maat."

Hardus maak 'n snorkgeluid, "T'g, manne, dit is net 'n skool; 'n gebou."

Magnus lig sy wenkbroue. "Toemaar, ou plasie. Terloops, is dit nog reg dat julle twee saam met ons op vakansie gaan? My pa en ma is baie opgewonde."

"My pa was effens teleurgesteld, maar hy verstaan," antwoord Hardus, "en die feit dat ons drie saam gaan wees, het die knoop deurgehak. Wat van jou Terry, is alles reg?"

"Tannie Ursula en my oupa is oukei daarmee, maar die res kerm erg. Julle gaan my glo rowwe dinge laat doen."

"Rowwe dinge, soos wat?"

"Visvang, diepseeduik en so aan." Terry lag te heerlik vir die uitdrukking van skok op die ander twee se gesigte.

"Agge nee, is pouse al weer klaar? So gou?" kla Magnus.

Die tyd sleep traag tot die laaste periode uiteindelik aanbreek. Die klop aan die deur onderbreek die les.

Doktor Barnard stap binne, praat eers gedemp met die klasonderwyser en dan deel hy die nuus met die klas.

Mathew word nadergeroep en hy skud sy blad. "Jou ouers is hier, kom saam kantoor toe, asseblief."

Hulle het skaars die deur bereik of Hardus se stem roep hulle tot stilstand. "Net 'n oomblik voor julle loop, Doktor." Hy stap nader.

Mathew verbleek merkbaar, probeer padgee, maar die prinsipaal staan in die pad.

Hardus se oë is op Mathew. "Ek wil jou net geluk sê. 'n Ou wat Springbokkleure verwerf, verdien dit, want dit vra harde werk. Geluk," hy steek sy regterhand uit.

Mathew is uiters verbaas, maar baie bly en hy neem Hardus se hand gretig, en glimlag selfs. "Dankie, ek waardeer dit."

Meteens storm die ander kinders op Mathew af en wens hom ook geluk.

Die warboel bedaar, almal het skaars weer hul sitplekke ingeneem toe lui die klok.

Hardus vat sy drasak, stap deur se kant toe en kyk in die oë van Cathy vas. Hierdie keer kyk hy summier weg met 'n suur uitdrukking op sy gesig, en stap haastig uit.

Sy verbleek en haar oë rek geskok.

* * * * * * * * * *

"Heng ouens," klets Magnus vrolik, "die Oos-Kaap se waters in nou nie dié van Natal nie, maar vir ons Kalahari-manne is dit diep se lekker." Hy loer onderlangs na Terrance. "Ek weet nie van jou nie, maar ou Hardy het my opgekeil met die swem en gister se laatnag, dit vreet my liggaam effens. Ek gaan op my rug lê, ons mag mos."

"Jy's reg, ou Mags, jy's reg." Terrance buk, tel sy handdoek op en gee dit 'n skud. "Heng, jou ma se kleinsus, Loerine, is helse mooi, en soos 'n droom gebou. Maar sy sien niemand behalwe ou Hardy raak nie."

Magnus knik net sy kop, kyk na Hardus wat stil oor die golwe staar en wink Terrance met die kop eenkant toe. 'n Ent weg praat hy sag, "Kom ons loop, ek dink hy wil alleen wees. ... Wat is dit met hom en Kidds Beach? Hy wou aanvanklik nie saam see toe kom nie, maar toe ek die naam noem, is hy vuur en vlam."

"Tjips, hier kom Loerine, moer ek dink ons twee het die mooiste niggies en tannies in die wêreld."

"Julle twee lyk gedaan, die sensei julle opgedreun, nè?" Loerine Brewis is 24 jaar oud, vlamrooi hare, grasgroen oë en het die lyf van 'n ballerina – wat sy ook is.

"Hoe weet jy, Loerine, jy kan nie so ver sien nie?" Magnus trek sy gesig uitdagend.

"Nee, ek kan nie, maar die Zeiss verkyker kan," lag sy en stap verby hulle. Die spanbroek kleef jaloers aan die atletiese kurwes.

"Is al julle studente so vindingryk?" kap Magnus tergend.

"Nee, net ons Maties, julle weet mos. Waar is die sensei dan?"

"Loerine, hy hou nie regtig van daardie naam nie. ... Ons het hom 'n bietjie alleen gelos."

Sy loop 'n ent weg, steek vas en praat oor haar skouer. "Hy is 'n oulike man, maar net 'n bietjie te jonk. Bye."

"O hel, ek dink ou Hardy gaan sy keer moet ken." Terrance se oë volg haar terwyl sy verder stap.

"Is my tannie, maar 'n man kan dit maklik vergeet." Hulle stap stadig terug na die huis.

Loerine loop rustig na die verste rotse, waar die alleen figuur se silhoeëtte teen die blou lug afets, en dan gaan sit hy met sy rug na die see gekeer.

"Hoekom maak jy só, mooi man? 'n Mens kyk mos na die see," fluister sy vir haarself.

Skaars het sy die eerste rotse bereik of hy kyk om en mik om op te staan.

"Nee, sit asseblief, ek sal nie lastig wees nie.."

Hy draai sy gesig weg, maar nie gou genoeg nie, want sy sien die trane op sy wange blink.

Binne sekondes is sy by hom. "Hardy, jy huil, moet ek loop of wil jy vertel?"

Hy knik net sy kop.

Sy hurk voor hom en met sagte vingers vee sy die trane weg.

"Kom sit langs my, Loerine, ek dink ek wil praat, nee, ek moet praat."

Sy gaan sit so styf moontlik teen hom, druk sy kop teen haar bors en fluister in sy hare. "Praat en maak leeg, moenie skaam wees nie. Dit voel of ek jou al jare ken." Sy vat hom aan die ken, haar lippe is eers vlinderstreel op syne, blom dan oop en sweis aan syne vas. "Jy kan maar praat."

Stadig trek hy sy gesig weg. Sy soen hom weer vinnig en hierdie keer rus haar kop teen sy kragtige bors en sy kan sy hart teen haar oordromme voel hamer.

"Ek was sewe jaar oud toe my pa uitvind dat daar 'n ander man in my ma, Nettie, se lewe is. Hy het pas nog 'n stuk grond by gekoop om Heimat te vergroot.

Nodeloos om te ontken dat dit hom geruk het. Omdat my oupa destyds, voor my ouers mekaar nog regtig geken het, in die moeilikheid geraak het, het hy geld geleen by my ma se pa. My ma en pa het later verlief geraak en getrou, maar my oupa het beslis dat die geld afgeskryf kan word as Heimat op my ma se naam geregistreer word. Wat is die verskil, sy is mos ook nou 'n Stegman, was sy redenasie. Toe my ma se ontrou aan die lig kom, is sy van die plaas af en het my net daar by my pa laat staan. Sy en die nuwe man, hy was 'n olierige makelaar, het getrou en hy wou gehad het Heimat en Ruigte, die nuwe plaas, moes verkoop word. My pa het geld gaan leen en Heimat terug gekoop, maar hy kon nie Ruigte bekostig nie."

Loerine snik al hoe harder en sy druk hom stywer vas. "Nee, dis genoeg, moenie jou verder straf nie, asseblief, my liefste." Sy bloos as sy besef wat sy so pas gesê het.

Hy buig sy kop en soen haar bewende lippe. "Amper klaar. Al die eise was uiteindelik te veel en my pa het Heimat verloor. Hy het orals gewerk tot hy van die posisie by die Handfords gehoor en die aanstelling gekry het. Laas jaar het my ma uitgevind dat die man nooit van sy derde vrou geskei is nie, en sy dus al haar geld verloor wat sy in sy skemas gedruk het. Sy het Desember laas jaar van haar seiljag afgespring en haar liggaam het twee dae later hier by die rotse uitgespoel."

"Nee! Nee, dit is vreeslik. Ek is so jammer." Sy bars in trane uit en hy hou haar vas totdat sy leeg gehuil is.

Hy staan op, trek haar orent en met sy hemp vee hy die trane van haar gesig. "Ek en my pa sou haar as eendag hier kom strooi. Toe hy hoor waarheen Dok my genooi het, het ons besluit dat ek dit sal doen. Dit is môreaand presies 'n jaar gelede wat sy oorboord gespring het. Verstaan jy nou?"

"Ek verstaan en as jy wil, sal ek graag saam wil kom?"

"Ek sal so bly wees, ek het nogal gehoop iemand kan saamkom, iemand wat verstaan."

"Ek doen, o, ek doen. Was jy baie lief vir haar, my skat?"

Hy kyk haar vas aan. Sy bruin oë is ernstig en van die trane is daar geen teken meer nie. "Nee, ek het haar nie geken nie. In die begin het ek haar gehaat, maar dit het oorgegaan in veragting. My pa is 'n veldman, weet nie veel van kinders grootmaak nie. Ek het baie keer gehoor as hy op haar swets – so alleen in sy kamer of snags buite onder 'n boom. Dan het hy gekreet: 'Nettie, hoe kon jy? En dan los jy nog ons seun by my. Hy het 'n ma nodig, nie 'n SMS of 'n paar rand in die bankrekening nie. Hy het jou nodig, 'n ma nodig.' ... Nee, ek respekteer die woord ma, maar ek ken dit nie."

"Jy het gehuil toe ek jou sien, as jy haar nie liefgehad het nie, hoekom dan?"

"Ek het gehuil oor wat sy aan my en veral my pa gedoen het. Hy het so hard gewerk op die plaas, dit hoeveel keer oor en oor betaal, dan eis sy net nog geld, hy betaal, maar kry nooit 'n bewys nie. Ek het netnou net weer die haat vir haar in my hart voel opkruip, ek's jammer."

“Moenie wees nie.”

Hulle stap op die verlate strand, sy vat sy hand en trek hom agter by die kleedkamer in. Draai hom sodat sy styf teen hom kan staan, linkerarm om sy nek en die regter om sy middel. Haar mond is ‘n lewende wese, haar tong soek syne op, dans en toets dit. Haar heupe roteer eisend, ywerig teen hom en sy snak na asem as sy voel hoe heftig sy jeug reageer.

Sy groot hande klamp om haar boude en versnel die rotering, haar bene vlek oop.

‘n Manstem ruk hulle uit die omhelsing en blosend skarrel hulle aan die anderkant van die kleedkamer uit.

Sy gryp sy hand, giggel en wys met haar oë na sy onderlyf.

Hy loer af, pluk sy hemp uit en laat dit oor die bult in sy broek hang. “Jou skuld,” maar sy oë lag.

“Jy het nie veel gebriek nie,” giggel sy terug en gryp sy hand weer vas, haar vingers vleg in syne.

“Jy wou, tog ook,” hierdie wys hy met sy oë na haar bolyf.

Sy loer af, bloos as sy die spitspunte van haar tepels teen die bloesie sien beur. Los sy hand en kruis haar arms voor haar bors. “Nou gaan hulle eers kyk, vat my handdoek en gooi dit om my nek. ... Dankie, dit sal ... o hel!” Sy steek vas en wys na die Toyota Fortuner met CL registrasie nommer wat voor die huis staan.

“Jou boyfriend?” Sy stem is gelykmatig, maar sy gesig is stroef.

“Sy naam is Colin Holt. Hy was my boyfriend, maar het my verneuk en toe maak ons uit. Ek wil niks met hom te doen hê nie. Hy is baie aggressief en jaloers. Hy gaan jou heel waarskynlik uitlok, hy was ‘n Universiteits- bokskampioen.”

“Stap jy solank vooruit, en net een ding, Loerine, wil jy hom terug hê?”

“Nee, daar is ‘n ander man in wie ek belangstel, maar almal is bang vir Colin Holt, so ék moet telkens die minste wees en die vrede bewaar. Sy hele familie is baie ryk en gewoond om te kry wat hulle wil hê.”

“Nou loop in, dalk loop hy gou of dalk dra hulle hom uit.”

Sy gryp hom aan die arm; op daardie oomblik gaan die voordeur oop en ‘n reus van ‘n man storm byna nader.

“Hi my baby, ek het jou gemis, kom groet my,” hy steek sy hand uit en ruk haar nader.

“Colin, los my dadelik! Ouboet, bel die polisie, laat hulle hom wegvat.”

“Die klomp pote is te vrot-sleg, ek was klaar daar en vir hulle gesê ek kom my girl haal. Gaan pak jou tasse, doll, ons gaan nou terug.”

“Loerine, gaan in die huis, en doktor bel die polisie dat hulle die ambulans kry. Ou grote, gaan skreeu op ‘n ander plek.” Hardus leun skeefweg teen ‘n groot blombak.

“Klein stront! Kom dat ek jou pakslae gee, iets wat jou pa lankal moes doen.” Hy swaai ‘n regtervuis, iets klap met ‘n brekende geluid en Colin val soos ‘n nat sak neer.

Een van die bure klap hande, en die res van die toeskouers volg sy voorbeeld.

Verleë maak Hardus 'n verspotte buiging en stap by die voordeur in.

Dit is reeds tienuur se kant toe die polisie die Fortuner wegneem en die Barnard-gesin uiteindelik hulle aandete kan geniet. Daar word min gepraat, maar die atmosfeer is tog lig en vrolik.

Ná ete spat elkeen in 'n ander rigting.

Doktor Barnard raak liggies aan Hardus se arm. "Ons kan môre praat oor die insident. Ek weet daar is iets wat jy moet gaan doen terwyl jy hier is, en daaroor kan ons ook praat as jy wil."

"Jammer oor die onsmaaklike ding van vanmiddag," hy kyk rond, maar Loerine is nêrens te siene nie. Hy verskoon homself, en gaan haal dan die sak met die klein houtkissie daarin, kry 'n flits en stap af rotse toe. Hy dink nie aan sy ma of die feit dat hy op die punt staan om haar as in die oseaan te strooi nie, maar aan Loerine, wie hy nou eintlik nodig het.

Sowat tien treë later steek hy vas. 'n Warm gevoel trek deur sy bors en sy hart neem weer die loop. Loerine is absoluut beeldskoon, die rooi hare in 'n vlamdans om haar pragtige gesig en onder die wasige jurk is dit duidelik dat sy naak is.

Sy steek haar hand uit, "Kom, ek het jou mos belowe." Haar soen is sag, maar vol beloftes. "Maak jy alleen klaar, ek wag vir jou net hier, my held."

Hy maak die kissie se dekseltjie oop, skiet dan die as oor die wit branderskuim uit. "In die lewe was jy nie regtig vir my 'n ma nie, dalk sal jy nou wees. Rus sag, Mamma." Hy draai om, die kissie val uit sy hande en breek in stukke teen die rotswand.

Loerine staan op die silwer sand tussen die rotse. In die stukkende lig van die maan is haar naaktheid soos 'n wit vuur.

"Kom," sy steek haar hand uit en hy neem dit.

Hulle monde smelt inmekaar, sy hande sag, soekend oor die kurwes en rondings van haar satynlyf. Hy voel nie eers as sy hom ontklee nie, weet net haar hande is sag en ferm om sy kloppende manlikheid, hulle monde steeds in 'n hartstogtelike soen. Sy sak op die sand neer, haar bene wyd gesper en met 'n vaste hand lei sy hom in haar wonderlike dieptes in.

Die seun in Hardus Stegman sterf en die man word gebore.

Skaam trek die maan sy kop agter 'n wolkgordyn in wanneer Hardus in die Evas-boord die volmaakte vrug pluk.

Hoofstuk 4

Dit is die derde Januarie toe Lou Barnard die volgepakte motor by sy woning in Upington tot stilstand bring.

"Dankie, my man, jy het mooi bestuur en julle seuns het die pad kort gesels. Ek sluit solank oop en julle kan indra." Selma soen haar man, sluit die deur oop en verdwyn in die huis.

'n Uur later sit die seuns en doktor Barnard op die voorstoep: hy met 'n bier en hulle met 'n koeldrank elk.

Selma onderbreek die stilte. "Julle lyk rustig en so gelukkig. Hardus en Terry, julle geleentheid is op pad. Hardy, ek het gou jou spierkrag in die kombuis nodig. Nee, sit julle ander twee, die spasie is te beperk."

"Ek kom, tannie Selma, reg agter jou."

In die kombuis wys sy vir hom om by die kombuistafel te sit en sy neem ook plaas, maar sit só dat sy die deur kan dophou.

"Tannie, dit is nie iets wat ek moet doen nie, jy wil met my praat en ek is in die moeilikheid, nè?"

"Jy is te slim vir jou ouderdom. Jy is reg, ek wil met jou praat, eintlik wil ek jou iets vertel."

"Is reg, Tannie, praat ek luister."

"Loerine is die laatlammetjie en nodeloos om te sê sy is baie bederf. Sy het nou al 'n paar verhoudings gehad en dit het nie gewerk nie. Ek weet sy het jou verlei en ek kan haar nie kwalik neem nie, jy is 'n ongelooflik aantreklike jongman. Maar ek wil jou net vra, moenie haar heeltemal verwerp nie. Daar gaan tye wees wat sy jou mag nodig kry, al is dit net met 'n oproep of WhatsApp, asseblief, wees daar vir haar. Daardie man wat jy so verniel het, het haar eintlik in 'n mate verkrag. Jy het dit heelgemaak en ek is jou dankbaar, ewig dankbaar. Dit is al wat ek wou sê, en sy gee dít vir jou." Sy bring 'n pakkie te voorskyn. "Dit is 'n nuwe selfoon, haar nommer is reeds daarop. Dit gaan haar hulplyn wees, asseblief?"

"Natuurlik, Tannie." Hy vat die selfoon en fluit saggies. "Heng, dit is mooi. Sal tannie haar sê ek sê baie dankie? Ek sal ook wanneer sy bel of so. Ek gaan net die selfoon in my rugsak sit."

Die oomblik toe hulle weer op die stoep kom, draai die dubbelkajuit Isuzu by die hek in. Die voertuig het skaars tot stilstand gekom of die regterdeur vlieg oop en Otto storm uit. "My seuna!"

"My ouman!" Hulle omhels mekaar.

Barnard wink vir die ander en hulle stap die huis binne. Die ontmoeting is te persoonlik en te opreg om met vreemdes te deel.

"Hoe was die vakansie, ou seun?"

"Was lekker, Pa, en die twee manne het mooi geleer. Binnekort gaan die boelies aftjop. Hoe lyk dit op die plaas, kom dinge reg?"

"Jip, ons maak hulle reg as hulle dwarsstaan."

Eindelaas is die groetery klaar en die bagasie in die Isuzu gelaai.

"Hoe lyk dit, Terry, is jy tevrede met die afrigting wat Hardus jou gee?" vra Otto terwyl hulle ry.

"Heng, ja, Oom, ek geniet dit." Sy entoesiasme is borrelend en ywerig vervolg hy, "Hardy sê oom kan my, ons nog meer leer, as oom wil. Sal Oom, asseblief?"

"Natuurlik, Terry, ek gaan van jou 'n gevaarlike vegter maak. Wat van Magnus, hoe gaan hy oefen?"

"Doktor Barnard het gesê hy gaan by oom hoor of ou Mags op die plaas kan kom kuier. Dan kan ons mos oefen as daar tyd is?"

"Natuurlik, maar daar is nog net tien dae oor en ek moet Hardus nog van die plaas se dinge leer. Julle sal dan maar net moet saamgaan, of TV kyk terwyl ons besig is."

Terrance maak so heftig beswaar dat beide die Stegmans uitbars van die lag.

Otto bring die Isuzu by die hoofhuis se agterdeur tot stilstand en onmiddellik is daar vier werkers om hulp te verleen.

Dit is die eerste keer wat Hardus regtig die groot huis van nader betrag. Hy skud sy kop, fluit sag en kyk na sy pa. "Moer, dit is wragtig 'n kasteel dié. Sterkte ou Terry en laat weet my asseblief wat gaan vir wat."

"Dankie, my maat, en baie dankie, oom Otto, ons sien later."

Hulle kyk hom agterna. Otto trek sy asem skielik skerp in. Met sierlike heupswaaie kom Ursula aangestap. Haar swart hare is 'n steenkoolvuur soos die middagson dit verlig. Sy omhels Terrance, dan is Marilyn en Cathy ook daar, hierdie keer is dit Hardus se asem wat ingesuig word.

"Ek dink ons kan maar gaan." Sonder om weer te kyk, klim Otto terug in die bakkie, skakel dit aan en ry weg.

"Pa, ek is nie seker nie, maar dit het vir my gelyk of tannie Urs haar hand gelig het."

"Seker maar gegroet. Kom, ons moet jou goed in die was kry, ou Dora wag al."

Dit is omtrent 'n rondspringery en 'n uitvraery voordat die twee Stegmans tot rus kom.

"Pa moet seker nou melkery toe gaan, of hoe?"

"Darem nie, ek is onthef van daardie posisie, ek loer net so af en toe by die melkery in. Ek moet Viljoen se werk oorvat."

"Heng, en wat is dit alles, Pa?"

"Bees, skaap en wild. Sagte, lekker werk, maar daai vetgat het laat slap lê en die infrastruktuur verwaarloos."

"Mooi, ek weet Pa sal dit geniet, maar wat se klomp huise is hier anderkant? Ek het hulle gesien toe ons netnou verby hulle gery het, hulle is mooier en groter as ons s'n."

"Hier is lot ander mense wat hier werk, meeste Afrikaans. ... Twee werktuigkundiges, 'n loods, jong veearts en 'n klomp ander."

"Maar dan is dit mos 'n hengse groot plaas, Pa."

"Dit is, maar die Handfords het nog ander plase in verskillende rigtings en distrikte ook. Ek dink ons kan die vuur pak, ek het skaaprib en wors reg gekry. Gaan nou-nou die pap aan die gang sit."

"Dit word vinniger hier donker as by die see. Ek pak die vuur solank, Paps."

"Jy is seker moeg, laitie, so ons gaan vroeg braai."

"Nee, ek is oukei. Ek wil lekker gesels en ek wil weet wat hinder?"

"Hoe kan iets hinder? Jy het lekker vakansie gehou. Het jy die as gestrooi?"

"Ek het. Ek sal Pa nou-nou alles vertel, ek wil net eers die vuur aan die brand kry."

"Maak so, ek sit die goggavanger aan en bring sommer drinkgoed saam."

"Ek gaan 'n groot vuur stook, ons kan die braai kole uitkrap. Ek het baie om te luister en te vertel."

"Gaan jy eerste praat of ek?"

"Ek wil weet hoekom wil pa hier wegkom, ek ..." Hy bly verskrik stil toe 'n glasbak in skerwe val; 'n vrou terselfdertyd gil en dan huil.

"Wag, ek kom." Blitsvinnig verdwyn Otto in die donkerte.

Etlike minute later lei hy Ursula die ligkring binne. Sy linkerhand stewig om haar rukkende skouers. Hy laat haar op die houtbankie sit.

"Gooi vir ons 'n stewige brandewyn en kola in, asseblief, Seun."

Hy wag dat sy 'n paar slukke neem, vee dan die trane met sy groot sakdoek af en lig haar ken met sy gekromde voorvinger. "Moenie meer huil nie, asseblief."

"Ek voel beter nou, dankie."

"Hallo tannie Ursula. Ek gaan maar binne toe as jy alleen met my pa wil praat?"

"Nee, moenie loop nie. Bly hier en hallo, Hardy, kom groet my." Sy lig haar gesig.

Hardus soen haar op die mond en gaan sit skuins voor die twee ouer mense.

"Enige tyd, tannie Urs, is die drankie nie te sterk nie?"

"Nee, dit is reg, baie dankie."

"Gaan jy praat, Meisiekind, vertel hoekom jy huil?"

"Jy ... jy wil weggaan? Hoekom?" Sy snik weer.

Otto plaas sy arm om haar skouers en hou haar vas. "Lawwe vroumens, wil jy hê ek moet bly?"

Sy knik haar kop so heftig dat die traandruppels vlamspatsels in die vuurlig maak.

Hy reageer in 'n vreemde stemtoon. "Ek het gedink aan Thys wat gaan terugkeer, en ons gaan koppe stamp. Hy het die plaas verwaarloos: drade is stukkend en onnet; die hekke geroes en hang skeef; die damme en krippe is vuil; en van die windpompe is buite werking."

"Ek sal Thys na een van my pa se plase naby Stellenbosch stuur, dan sal hy uit jou pad wees. Asseblief, jy kan nie weggaan nie."

"Ek dink dit sal beter wees as ek na die grond naby Witsand gaan."

"Hoekom? Nee, jy kan nie gaan nie, ek het jou hier nodig."

"Swartkop, weet jy hoe swaar is dit vir my?"

"Swaar? Wat is swaar, Otto?"

"Jy."

"Ek?! Wat het ék gedoen?"

"Niks, en jy kan niks doen nie, want jy is die eienaar se suster. Eintlik behoort heelwat van die eiendomme aan jou ook. ... En ek begeer jou, en kan niks daaraan doen nie. Kan jy nie verstaan nie? Ek smag daarna om jou in my arms te neem, maar ek mag nie."

Sy gee 'n uitroep, val in sy arms en soen hom, hongerig en besitlik.

Stil staan Hardus op, loop saggies die huis binne en gaan sit by die kombuistafel. Hy weet nie hoe lank hy al daar in sy eie gedagtes verdwaal sit voor 'n sagte stem hom terugruk na sy onmiddellike omgewing nie.

"Hardy, kan ek met jou praat, asseblief?" Ursula staan in die kombuisdeur, haar swart hare in wanorde en haar oë skitterend blink.

"Natuurlik, tannie Urs." Hy wil opstaan maar sy druk hom aan die skouer terug.

Heelwat later loop hulle uit, sy hou sy hand vas. Beide lag spontaan en gelukkig.

"As julle so vertroulik en geheimsinnig lag, dan raak ek benoud. Wat's fout?"

"Niks fout nie. Hoekom lyk jy so bekommerd?"

"Julle twee maak my bekommerd. Wat van my planne nou? Jy weet daardie plaas, Eden, het werklik 'n bekwame hand nodig."

Sy haak by hom in en soen hom op die wang.

"Goed, ou spoilsport, kom ons praat daaroor. Het jy onder die mense hier, iemand gesien wat daar kan gaan werk en wil werk?"

"Ja, die twee Lategans, Dirk en Alet, hulle kan doen, die kinders is uit die huis en beide is harde werkers."

"Goed, ek sal hulle môre inroep en die saak met hulle bespreek. Dit is nie so vêr nie, ons kan hulle gaan wys, wat sê jy daarvan?"

"Ons, wie is jou ons, Meisiekind?"

"Ek, jy, Hardy en Cathy, ons ry met die Caravelle, dan is daar sommer plek vir die Lategans ook."

"Ek sal nie kan saamgaan nie, tannie Urs." Hardus vermy die twee grootmense se oë, staar net in die vuur.

"Hoekom nie, Hardy? Is dit omdat Cathy saamgaan?"

Hy knik, staan op en skuif onnodig aan die kole.

"Wat is die probleem?"

"Sy het vir my in my gesig gesê dat ek nie in haar klas hoort nie, en dít voor ander mense."

"Nee! Hoe durf sy dit sê? Wanneer het sy daardie laakbare uitlating gemaak?"

"Daardie Vrydag by die skool, ná ek ... daai ou ... gepot het. Jammer, tannie Urs, Pa."

"Watter ou? Hoekom het jy hom bygekom en waar was dit?" Otto staan op, hoogs ontstoke: hy weet dan niks van dié geveg nie.

"Hy het 'n kleiner outjie se kos op die grond uitgestamp en hy wou hê die ou moes dit soos 'n hond van die grond af eet."

"Helsem! Ek hoop jy het hom goed getik."

"Ja, Pa, maar toe kom vloek hy 'n meisie wat wil keer en hy beledig haar. Toe slaan hy nogal na my, en ek pot hom."

"Mooi! Dit is reg dat jy dit gedoen het. Maar hoekom sou Cathy jou so sleg behandel?" Ursula trek haar asem skerp in. "Wag 'n bietjie ... die meisie was Cathy en die klein outjie was Terrance?"

Hardus knik net en maak die rooster oop.

"En die bullebak, was dit Mathew Viljoen?"

"Ja, Tannie."

Sy omhels hom en lag hardop "Dankie, ek is so trots op jou." Sy sleep Hardus tot by 'n verbaasde Otto. Gooi dan haar arms om sy nek ook. "Die twee manne in my lewe, pa en seun, en byna gelyktydig laat hulle 'n bullebak-pa en sý seun in die hospitaal beland."

Die twee Stegmans kyk na mekaar en bars dan uit van die lag.

"Jy moet my later vertel met watter hou jy hom gekap het."

"Ek hom net twee Stegman-klappe gegee, Pa."

"Julle is onmoontlik. Senior, gaan jy dalk vir my nog 'n drankie aanbied?"

"Natuurlik, maar wat verkies jy regtig?"

"Netnou s'n was reg, maar dié keer net 'n halwe enkel, ys en water, asseblief?"

"Helvel, ek't nog nooit 'n baba-tot gegooi nie, maar hier kom dit, Meisiekind." Op die trappie steek hy vas en loer oor sy linkerskouer. "Jy eet vanaand saam, nè?"

Sy glimlag so stralend dat hy teen die kosyn vasloop en onder 'n gelag verdwyn hy haastig in die huis.

"Hardy, ek is so jammer dat Cathy so snobisties is. Maar ons gaan haar regkry en afbring aarde toe. Ek wil net gou bel om te sê ek gaan eers later huis toe kom."

"Waar is sy nou heen?"

"Sy bel net haar mense om te sê sy gaan eers later by haar huis wees, Pa."

"Is jou pa altyd so nuuskierig?" Met 'n opgewekte gil ontwyk sy Otto se grypende hande en gaan staan agter Hardus.

"Kom hier."

Sy glimlag en skud haar kop.

"Asseblief?"

Sy glimlag en gaan.

Die tyd spoed voort en voor hulle hulle kon kry, is die vleis gaar en het hulle klaar geëet.

"Tannie Urs, ek's baie bly dat jy hier geëet het. Lekker slaap. Nag, Pa." Hy staan op van die kombuistafel, soen Ursula op die wang; hy en Otto klamp mekaar se voorarms en dan loop hy.

"Nag, Seuna."

"Lekker slaap, Hardy, en baie dankie vir die kos." Sy wag totdat hulle Hardus se slaapkamerdeur hoor toegaan voor sy Otto se hand vat. "Ek wil jou 'n groot guns vra."

"Vra maar."

"Ek ... ekke het nog nooit so vinnig só oor 'n man gevoel nie. Kan ons dit asseblief stadig en rustig vat?" Haar selfoon lui en hy wys dat sy moet bly sit. Hy soen haar en stap uit buitetoe.

Sy glimlag flou en haar gesig is bleek toe hy weer by haar aansluit ná sy die oproep beëindig het.

Hy druk haar hand en glimlag bemoedigend. "Iets verkeerd, jou gesig lyk vreemd? Het dit iets met Cathy te doen?"

Sy snik, spring op en kom sit op sy been. "Dit is nie reg nie, hulle gun my geen geluk nie. Selfs Cathy. Hoekom?"

Hy druk haar styf vas en wag totdat haar snikke bedaar. “Sy is jou dogter en lief vir jou. Waar is haar pa?”

“Hy is in die Kaap, ‘n advokaat, en het verskeie besighede hier, in die res van Afrika en ook oorsee. Hy het ongelooflik groot invloed by die klomp regeringshoofde.”

“Moenie sleg voel daaroor nie.”

“Ek moet, my skat, Cathy het my ‘n ultimatum gestel.”

“Wat? Sy’s net ‘n kind, my meisie. Wat se ultimatum kon sy stel?”

“Dat sy haar pa gaan bel as ek nie my vriendskap met jou beëindig nie, en hy sal sorg dat sy na hom toe terugkeer. Dié het blykbaar ’n tyd gelede my pa gekontak en toe vasgestel dat ek met ’n werknemer bevriend is. Hy was glo buite homself van woede. My familie stem saam met hom dat ons vriendskap ongehoord is.”

“Dit beteken my dienste is nie langer nodig nie en ons moet trap.” Hy is doodsbleek.

Sy begin weer huil. “Net van El Dorado af, asseblief, my liefste. Sal jy Eden vir my gaan bestuur, nee, eerder my vennoot wees?”

“Klink na ‘n goeie plan, maar wat van Hardus? Dit is verder van Upington af.”

“Cathy en Marilyn wil hulle skoolloopbane in Kaapstad voltooi en vandaar sal hulle seker na Oxford of een van daai universiteite toe gaan. Moenie kwaad wees nie, asseblief, my liefste?”

“Nee, ek is nie kwaad nie. Kom, ek stap saam met jou kasteel toe.”

Hulle loop in stilte, steek kort-kort vas en soen hartstogtelik, dog teer.

"Ek sal reël vir hulp en voertuie, wat het jy nog nodig, my lief?"

"Kan ek vir Vellie en Dora kry, asseblief, en die Jeep wat ek nou ry?"

"Natuurlik, my lief. Ek sal later nog 'n paar goed soontoe stuur."

"Ek wonder hoekom hulle houding so skielik verander het?"

Hulle staan onder 'n kareeboom, so 'n entjie van die huis af.

"Jy is reg, dit was skielik ... dit was rondom die tyd wat Cathy 'n oproep van haar pa gehad het." Sy staan effens weg, kyk fronsend op. "Ek wonder of dit iets daarmee te doen het. Hy het wel tydens die vroeëre oproep na my pa, gesê hy is nie gelukkig met die feit dat ek in 'n spesiale vriendskap met jou staan nie, maar die drastiese verandering in my familie se gesindheid het eers gekom na hy onlangs met Cathy gepraat het."

"Wat is haar pa se naam?"

"James Doyle."

Hy suig sy asem hard in.

"Ken jy hom, Otto?"

Hy stap twee treë weg, draai om, en hierdie keer is dit Ursula wat skrik: sy oë lyk soos twee blou vuurlemme.

"Ja, ek ken hom. Hy is die man wat my vrou gevat het en ook die oorsaak was dat sy selfmoord gepleeg het. Hardus het haar as nou die dag by Kidds Beach in die see gestrooi. ... Ja, ek ken hom."

Ursula staar hom aan, haar gesig spierwit en haar oë geskok. Sy gee 'n enkele passie vorentoe en steek vas. "Ek het nie geweet nie. Ek is so jammer, so verskriklik jammer, en asseblief, moet my nie haat nie. Ek het jou lief, baie lief." Sy draai om en hardloop na die huis.

Sy gemoed is 'n warrelwind as hy huis toe loop, by die huis steek hy vas en word koud.

Hardus sit op die stoep, sy gesig snaaks vertrek en hy kom orent. "Ek dink ons twee is vervloek, dalk die vrou wat veronderstel was om my ma te wees?"

"Hoe het jy geweet, jy ons afgeluister?"

"Nee, jy weet ek doen nie sulke dinge nie. Ek het tannie Urs se selfoon gevat, sy het dit op die kombuistafel vergeet," hy hou die goudkleurige selfoon omhoog.

"Skuus Seun, ek weet jy sal nie. Kom, ek dink ek het 'n dop nodig."

"Ek skink vir pa en maak vir my koffie. Dink nie ek gaan verder slaap nie, wil maar stadigaan begin pak."

"Gelukkig het ons nie alles uitgepak nie. Kom, ek help jou."

Daar is 'n klop by die voordeur en skielike hoop flits deur hom. Hy maak die deur oop, sy gesig bly so koud soos voorheen as hy een van die sekuriteitswagte herken. "Ja?"

"Skuus Meneer, Mevrou vra of haar selfoon nie dalk hier is nie?"

"Kom in, dit is op die kombuistafel. Dè, en sê vir haar ons is besig om te pak, sy moet asseblief reël dat ons vroeg kan vertrek."

"Dankie, Meneer, maar ek gaan net die selfoon neersit en hol."

"Hoekom?"

"Die hel is oophek, Meneer. Ou Dok baklei met sy vrou, want dié wil nie dat jy gaan nie. Klein Cathy tjank en vloek julle. Juffrou Claudine baklei ook julle moet fokkof en sommer vrek ook."

"Nou waar is mevrou Ursula?"

"Sy is in haar kamer op die hoog verdieping en alles is gesluit."

"Jy kan mos nie die selfoon net daar los nie?"

"Neits, mevrou Lauren sal hom vat."

"Dan stuur jy my boodskap vir haar dat ek vroeg wil gaan. Dankie, Oudste."

* * * * * * * * * *

"Pa, ek dink dit is 'n baie beter huis dié een, die plaas is ook nie so bebou nie." Dit is die tweede middag al wat hulle op die stoep van hul nuwe tuiste sit en koffie drink.

"Ek dink jy's reg, maar ons sal moet Askham toe en die nodigste kry. Sal volgende week die ou Triton Fordjie vat en behoorlike meubels en kos gaan kry." Hy kyk pad se kant toe as die dreuning van 'n voertuig hoorbaar raak.

Die Range Rover hou onder die kameeldoringboom stil. Die deur gaan oop en Otto se hart mis ses kloppe, maar dan sien hy dit is nie Ursula nie. Die son blink op die skouerlengte, goue hare en die vrou nader die stoep met 'n grasieuse swaai van haar heupe.

"Sal jy gaan hoor, asseblief, ou seun? Ek is effe holvol vir mooi vroue en hierdie een is blerrie mooi."

"Oukei, maar niemand is mooier as tannie Urs nie."

Otto stem saam, maar sê niks. Hou belangstellend dop hoe die twee bladskud en die vrou praat. Hardus vat die groot aktetas uit haar hand en hulle stap huis se kant toe.

Hy kom orent toe hulle by die stoeptrappe opstap en hy dink by homself: *"Laitie, sy is nou wel nie Ursula nie, maar op 'n eksotiese manier mooier."*

"Pa, dit is me Talana Theron, en dit is my pa, Otto."

"Aangenaam, meneer Stegman, ek is jammer dat ek ongenooid hier opdaag, maar ek kry geen antwoord op enige van julle nommers nie."

"Geen probleem. Sit gerus." Hy wag dat sy sit en wys na die koffiebekers. "Ons is besig met koffie, doen jy mee of verkies jy iets anders?"

"Koffie, swart en een bruinsuiker as daar is, asseblief." Stralend glimlag sy, haar oë vraend en Otto knik sy kop.

"Makelaar of eiendomsagent, as ek mag raai?"

Sy verkleur, skud haar kop en bloos. "Amper reg, maar nee, ek is 'n prokureur en verteenwoordig mevrou Ursula Doyle." Haar oë rek vir die uitdrukking is syne. "Ontspan maar, dit is geen siviele klag of enige iets dergeliks nie, net 'n aanbod, en 'n ongelooflike goeie een ook."

"Voor jy enige dokumente uithaal, Talana, vertel my net, ek het 'n Handford leer ken en nou is sy 'n Doyle, help asseblief?"

"Toe sy Eden gekoop het, was sy mevrou Doyle en die plaas is op die naam Ursula Maxwell Doyle geregistreer."

Otto bars uit van die lag en sy hou verward op praat.

Hardus se lag volg dié van sy pa en onwillekeurig doen sy mee.

"Nou hoe kan ons vir Maxie help, Talana, wat terloops 'n pragtige naam is?"

"Dankie, men... Otto. Wel, sy het 'n aanbod om te maak en ek glo jy sal dit nie kan weier nie."

"Talana, jy sal verbaas wees hoe maklik het dit deesdae geword om mooi vroue te ignoreer. Maar praat gerus of wag, laat ek liewer lees."

"Hier." Sy gee die dokument aan.

Hy lees dit twee keer deur en kyk dan verbaas op. "Kan dit wees? Sy bied Eden amper verniet aan, met 'n verbandlening en die rente wat ook amper niks is nie. Wil jy kyk, Seuna?"

"Ek wil, ja." Vinnig lees hy dit deur, glimlag breed en kyk na Talana. "Tannie, ek dink my pa wil weet waar hy moet teken."

"O, hier en hier, maar ons sal die verband eers moet registreer."

"Geen verband, ek het genoeg om dit dadelik te betaal, en ons moet dit afhandel voordat sy van plan verander."

"Sy kan nie, maar ek verstaan jou bekommernis. Hoe gou kan jy in Upington wees, Otto?"

"Dit is so 'n raps oor die twee ure se ry, ons kan vroeg daar wees en dit vandag nog afhandel."

"Ekskuus, maar ek dink nie Tannie sal vandag iewers heen met die Range Rover kan ry nie."

"Hoekom sê jy so, Hardus?"

"Het Tannie 'n slaggat getref of wat?"

"Nee, daar het wel 'n versteekte klip op die grondpad gelê, maar daar het geen waarskuwingsligte op die paneel aangekom nadat ek oor die klip is nie. Hoekom vra jy?"

"Want daar lê 'n hengse oliekol onder die Rover. Ek dink ons sal moet gaan kyk."

"O nee, dit kan nie wees nie."

Hulle loop vinnig na die motor. Hardus en Otto loer onder in.

Otto kom orent en skud sy kop. "Daar is 'n gat in die oliebak. Sal dit moet afhaal en invat Upington toe. Ons kan die Rover oor die put stoot om dit af te haal."

"Wat maak ek nou, ek moet terug wees vir 'n groot vergadering?"

"Toemaar, ons sal plan sien, laat ons gou die oliebak afkry, dan vat ons jou met oliebak en al in. Hardus, gaan kry ons klere."

"Dankie, maar julle ..." Hy vryf haar hare deurmekaar en lag.

"Maar moet ek jou hare vol stof gooi?" snip sy.

Hulle laai haar ongeveer halfvyf voor haar kantoor af en vertrek onmiddellik na Lou Barnard se huis waar hulle gulhartig ontvang word. Die twee seuns verdwyn onmiddellik na Magnus se kamer.

Na ete maak Otto aanstaltes om te ry. Die Barnards keer vir 'n vale, maar hy lag hulle besware af en vertrek na die oornagkamer wat hy reeds bespreek het.

Teen middernag maak die gehamer teen die voordeur hom wakker. Hy maak die deur oop en gaap die viertal polisiebeamptes verbaas aan.

"Ek is Kolonel Jakoos Januarie, sal jy asseblief aantrek en saam met ons kom?"

Sy oë gly oor die ander geregsdienaars wat ook daar staan, knik sy kop en gehoorsaam haastig.

"Wat gaan aan?" vra hy toe hy weer by hulle aansluit.

"Meneer Otto Stegman, ek neem jou in hegtenis op aanklag van moord. Jy hoef niks te sê nie, maar indien jy praat kan dit as getuienis teen jou in die hof gebruik word."

"Julle is gek! Wie de donner het ek nogal vermoor?"

"Meneer James Doyle, asof jy nie weet nie! Boei die man, Kaptein."

Hoofstuk 5

Kop onderstebo gaan sit Otto in die sel. Daar is een liggie van dankbaarheid wat flou brand, en dit is dat hy alleen in die sel aangehou word. Verder lyk alles swart en onwerklik. Hoe is dit moontlik dat hy iemand kon vermoor wat hy nog nooit in sy lewe gesien het nie? Die ontstellendste van alles is die agterdog en skok in Hardus se oë ... hoe kon hy sy pa verdink?

Twee polisiemanne kom staan by die tralie en onderbreek sy malende, morbiede gedagtes.

"Stegman, steek jou hande deur die tralieluikie sodat jy weer geboei kan word, en moet niks snaaks probeer nie."

Hy maak so en spreek die oudste geregsdienaar aan. "Waarheen neem julle my?"

"Jou regsverteenwoordiger wil jou spreek voordat jy hof toe gaan. Kom."

Die een polisieamptenaar hou die deur oop. Hy stap in. Agter die lessenaar sit 'n vrou.

Talana lig haar kop en beduie met 'n treurige trek om haar mondhoeke dat hy moet sit. "Dankie, Adjudant, ek sal binne die tyd hou."

"Talana, wat de donner gaan aan? Hoekom is ek gearresteer?"

"Ek dink jy beter my alles vertel, Otto, en ek bedoel alles, dinge lyk sleg."

"Dêmmit, Meisiekind, wat is daar om te vertel? Ek gaan slaap, word wakker geklop en gearresteer oor die moord van 'n man wat ek nog nooit in lewende lywe gesien het nie."

"Jy het die man nog nooit gesien nie? Dit is nie wat die getuies vertel nie."

Hy kyk na haar, en in die blou oë brand 'n onheilige vuur wat haar laat sidder. "Asseblief, Otto, moenie so na my kyk nie, jy maak my bang."

"Moet dan nie my intelligensie onderskat of leuens glo nie. Ek kon die man nie verdra nie want hy het my vrou gesteel, maar ek het hom nie geken nie, ek het hom nooit ontmoet of gesien nie."

"Goed, ek glo jou," en sy doen, want sy wil nooit weer in daardie oë vaskyk, as hulle soos flussies lyk nie.

"Goed, en dankie dat jy na my luister en hier is om my te help."

"Plesier, en Otto ... almal het teen jou gedraai." Sy sien die skok in sy oë en dan die ongeloof, haar mond vorm die woorde. "Ja, tot Hardus twyfel aan jou onskuld, te veel getuies en bewysstukke teen jou."

"Fokkit, dit is leuens!" Hy spring op. Die wag druk 'n skokstok teen sy nek. Rukkend sak hy terug op die stoel.

"Stop dit, Sersant, die man het net op gespring."

"Wel, ek het gedink hy gaan jou ook aanval," daar is net aggressie in die sersant se brutale gesig.

Otto draai sy kop, kyk na die man, en dreigend lig dié weer die skokstok.

"Stop dit, Sersant. Talana, hulle soek jou beskuldigde in die hof. Jy kan ons daar ontmoet."

Die hof is stampvol vreemde, nuuskierige en vyandige gesigte. Onmiddellik sien hy Harold Handford, Claudine en die haat vervulde gesig van Cathy, maar Ursula en Lauren is nie daar nie. Sy oë gly oor die res, hier en daar is 'n bekende gesig.

Talana kyk na hom en sy haal haar skouers op. Haar gesigsuitdrukking vertel dat sy nie weet waar Hardus is nie.

"Staan in die hof."

Dit vat hom 'n sekonde of twee om die Engelse bevel te ontsyfer en hy staan op, skreef sy oë as die landdros plaas neem.

"Agbare Sheila Ramathose is op die regsbank en die staat roep Otto Wolfgang Stegman."

"Die klag teen jou is dié van moord op James Doyle. Wat is jou pleit daarop, skuldig of onskuldig?"

"Onskuldig."

Die res van die verrigtinge gaan soos 'n vae droom verby en die laaste woorde wat hy hoor, is: "Borgtog word geweier en beskuldigde sal in aanhouding bly tot sy verskyning in die Hooggeregshof."

* * * * * * * * * *

Otto kyk na Talana Theron en advokaat Mercia Mentoor. "Waar is Hardus, ek mag seker my seun sien voordat ek my tien jaar vonnis moet uitdien?"

"Hy weier om jou te sien, by die Barnards ingetrek en is goed versorg. Asseblief, Otto, gedra jou en ons sal spook om strafvermindering." Mercia vat hom aan die skouer. "Ek is jammer, Otto."

“Jy het jou bes probeer, Mercia, en ek is dankbaar daarvoor.”

Talana gee ‘n snik of twee. “Asseblief, Otto, doen wat sy vra, en moet nooit weer ‘n uitbarsting kry nie. Jou plan om wraak te neem, gaan swaar weeg teen ‘n borgaansoek.” Ondanks die waarskuwende oë van die bewaarder, stap sy nader en soen hom op die mond. “Ek sal wag, tien jaar of meer. Totsiens, my lief.”

* * * * * * * * * *

Die volgende middag klim hy uit die gevangeniswa in Kroonstad en met die toeklap van die hek agter hom, sterf Otto en Wolfgang word gebore. Binne twee weke word hy in sy eie kamer geplaas en daar sal hy bly totdat hy die dag parool kry, of sy volle vonnis uitgedien het.

‘n Maand later word hy na die hoofbewaarder se kantoor ontbied. Hy word by die deur ingedruk en dan word dit agter hom toegemaak.

Die Hoofbewaarder knik sy kop, maar voordat hy kon reageer, word hy bewus van haar parfuum. Hy draai om en glimlag vir Talana wat vorentoe kom en hom soen.

“Hoe gaan dit, my skat, jy is so bleek?”

Die hoofbewaarder wys na twee stoele by ‘n tafel en gaan aan met sy papierwerk.

“Hulle hou my maar in my sel, ek is glo effe moeilik.” Daar is ‘n harde klank in sy lag wat Talana hoendervleis laat uitslaan.

"Ek kan verstaan, my lief, ek het gehoor hoe hulle jou uitgelok het, en van die klomp wat in die hospitaal wakker geword het."

"Het jy nuus van Hardus?" Die kilheid op sy gesig word vervang met 'n onsekere, vraende uitdrukking.

"Ja, hy bly nog by doktor Barnard aan huis, maar hy praat blykbaar nie oor jou nie. Ek het hom vertel dat ek jou gaan besoek en dat ek kan reël dat hy saamkom," sy bly stil en vroetel ongemaklik met haar selfoon.

"Wat het hy gesê, asseblief, ek moet weet?" Hy wil haar aanraak, maar sy skud haar kop waarskuwend.

"Hy het opgestaan en tot by die deur geloop, omgedraai en sy wange was vol trane. Hy sê hy het aan jou onskuld geglo totdat hulle die jagmes wat hy vir jou as geskenk gegee het, bebloed op die toneel opgetel het. Die aansteker was ook daar en al die ander items wat aan jou behoort. ... Ek is so jammer, Otto, maar hy glo jy het daardie man vermoor en daarmee saam sý liefde. Hy sê hy wil jou nooit weer in sy lewe sien nie. Ursula en haar regverteenwoordigers is glo besig om sy van te verander na Handford."

Hy laat sak sy kop in sy hande, sy skouers ruk 'n paar keer en dan huil Otto Wolfgang Stegman soos 'n klein seuntjie.

Die hoofbewaarder knik vir Talana en sy druk hom teen haar vas.

"Hoekom? Ek was net lief vir hom. My lewe het om hom gedraai. Alles! Hoe kan hy glo dat dit ek was? Iemand het daardie goed geplant, iemand wat my uit die pad wou hê, maar wie, en hoekom?"

"Ek weet nie, my engel, en daar is nog slegte nuus. Ek moet jou nou vertel, want ek sal nie gou weer kan kom nie ... dalk glad nie weer nie."

"Nie weer kom nie? Het jy ook teen my gedraai?" Daar is ongeloof in sy stem en verbystering op sy gesig. "Hoekom?"

"My hoofde het my gedreig dat as ek in kontak met jou bly, sal ek al my studiegeld moet terugbetaal en hulle sal boonop sorg dat ek geskors word. Verstaan jy, my skat?"

"Ek verstaan, my meisiekind, maar wat kan daar nog wees?"

"Die koop van Eden is gekanselleer, maar ek het die geld gebruik." Sy sien die weerlig in sy oë oplaai en glimlag haastig. "Ek het my diskresie gebruik en vir jou die lieflike plasie, genaamd Riviersig, naby Gariep gekoop. Ek het die dokumente gebring wat jy moet teken, asook foto's van die plek."

"Dankie, jy is 'n ster, maar wie gaan intussen na die plek omsien?"

"Ek het Vellies gekry; hy verbou groente dat dit klap," lag sy en stoot haar hand saam met die volgende dokumente.

Hy plaas sy hand bo-oor hare. "Hoe het jy dié plasie raakgeloop? As dit aan die Oranjerivier grens, dan is dit baie werd."

"Ek hou nie van erfgoed nie. Ek het dit by my oorlede neef geërf en jy het dit by my gekoop, maar met vertraagde registrasie. Wanneer jy uitkom, sal dit op jou naam wees. Maar asseblief, moenie jou parool moontlikhede verydel nie."

"Baie dankie, ek kan jou nie genoeg bedank nie. Hoe gaan ek ou Vellies betaal kry en die belasting?"

"Daar is 'n belegging wat dit sal dra. Vellies se loon is groot genoeg om, saam met die groente wat verkoop, vir hom 'n gemaklike lewe te gee."

"Baie, baie dankie. Kan jy nie 'n plan maak om weer te kom nie, Nooi?"

Sy bloos, bevry haar hand van syne, kry haar tas gereed en stap tot by die deur. "Ek het kort na jou inhegtenisneming verloof geraak. Ek trou môre en my aanstaande en sy familie haat dit dat ek enige iets vir jou doen."

"Trou? Met wie? Hoe gaan ek nou enige kontak verder met Hardus hê?"

"Jy mag nie. Tussen daardie dokumente is 'n hofbevel wat jou verbied om hom op te soek of kontak met hom te maak, vir tien jaar lank."

"Nee! Hoe kan hulle? Ek sal hu..." hy bedink homself en knip sy sin kort af.

Die hoofbewaarder maak die deur vir haar oop.

"Met wie trou jy, Talana?" vra hy haastig.

"Met Trevor. Trevor Doyle, die jonger broer van wyle James. Vaarwel, my liefste," snik sy en verdwyn in die gang.

"Nee!!!" Met 'n donderende geluid tref sy gebalde vuis die tafel en dit breek in twee.

Die hoofbewaarder staar hom met groot oë aan en 'n paar van die ander bewaarders kom ingestorm.

"Los hom, manne, ek sal saam met hom na sy sel stap."

In stilte loop hulle na sel nommer 707 en by die deur steek hy vas. "Meneer Stegman, ek is Solomon

Selepe. Ek gaan reguit met jou praat en op my beurt belowe ek dat ek enige redelike versoek sal goedkeur."

"Dit is billik, Solomon, maar hoekom?"

"Ek was in die buiteland vir amper sewe maande, kamstig 'n kursus gedoen, maar eintlik leer bourbon suip. Ek het 'n week voor jy hier aangekom het, teruggekom en het jou lêer eers gister mooi bekyk."

"Ja, wat daarvan?"

"Trevor Doyle het 'n paar jaar terug 'n jong werker swanger gemaak en toe laat vermoor, omdat sy nie aanvaarbaar in sy kringe sou wees nie. Ek het gehoor toe jy netnou wraak wou sweer. Ek weet dis wat jy wou sê, ek het dit in jou oë gesien." Hy aarsel 'n oomblik, vervolg dan sag, byna fluisterend, "Ek wil hê jy moet wraak neem op Trevor Doyle."

Otto frons en knik sy kop stadig, verward oor die buitengewone versoek. "Dit was 'n moerse skok om te hoor die vrou wat so goed vir my was en eintlik voorgegee het dat sy my liefhet, met daardie gemors se broer gaan trou. Maar hoekom wil jý wraak hê, Solomon?"

"Daardie jong, onskuldige meisie, sy was my jongste suster."

"Ek is jammer, Solomon, en ja, ek sal."

Solomon steek sy hand uit en met 'n handdruk verseël hulle 'n vriendskap – 'n vriendskap wat tot lank na Otto, of liewer Wolf, se tronklewe sou duur.

Hoofstuk 6

Hardus Stegman gaan sit by die lessenaar, kyk vlugtig na Ursula en dan na die vet man in die pak klere met 'n skewe, rooi das.

"Welkom julle, en dit is goed om jou te sien, me Handford. Soos belowe, het ek die nodige toutjies getrek. Voor julle is die dokumente, as jy dit teken, is jou naam van vandag af Hardin Handford."

"Baie dankie, Minister Tebe, jy is so 'n goeie man en waardige minister."

"Kom, ons gaan vier dit, Hardin Handford! Jy is agtien jaar oud en het 'n nuwe naam en van."

Hulle loop uit. "Hier is die motor nou, Seun, ons klim heel agter in, want die jong dames is in die middelste ry."

Die chauffeur spring uit, maak die agterste deur oop en Hardin volg Ursula.

"Hallo, julle twee, en my maat Terry. Sjô, wat se limo is dit dié?" Die motor gly seepglad weg.

Hardin ignoreer Cathy openlik en kyk stip na Terrance.

"Is Claudine wat so wintie is, al die klomp buitelanders moet mos in styl ry. Dié is 'n Mercedes-Benz E-klas Limo, met al die geriewe." Hy steek sy hand uit en skud dié van Hardin, "Welkom, nuwe ouboet, of is dit nuwe neef?"

"Gmmff! Hy sal nooit 'n Handford wees nie al tap hy al sy bloed uit en kry nuwes."

"Cathy! Dit was ongeskik, vra onmiddellik om verskoning." Ursula kyk vlugtig na Hardin.

"Ek sal nie! Sy pa het my pa vermoor. Hy is niks van my nie en sal nooit wees nie."

Ursula knipoog vir Hardin en dié lag, selfs Cathy kyk na hom.

"Tannie Urs, jou dogtertjie is reg, ek is nie 'n Handford in vadersbloed nie, maar sy ook nie. So, ons is gelyk."

"Jy's mal, ek is 'n Handford," neus in die lug en rooi in haar gesig.

"Ek vra om verskoning, so Doyle was nie jou biologiese pa se van nie? Was hy ook 'n Handford? Oeps, tannie Urs, was julle familie?"

"Nee."

"Jy's ... jy's gemeen." Cathy snik eers, begin dan saggies huil en draai haar kop.

Ursula kyk na Hardin, dan beduie sy iets vir Terrance en die twee jongmanne ruil plekke.

Sonder 'n woord trek Hardin die huilende Cathy teen hom vas, druk haar kop teen sy bors en maak paaigeluide.

Cathy ruk, pluk en stoei verbete, maar na 'n ruk gee sy moed op en lê stil teen sy gespierde bors.

"Voel jy nou beter?"

Sy knik.

Met sy linkerhand haal hy sy sakdoek uit en versigtig vee hy haar trane af. "Nog beter?"

Sy lig haar droewige, maar beeldskone gesiggie en knik.

"Nou goed, kom soen my dan," en sy gehoorsaam dadelik.

Almal is doodstil. Ursula en Terrance grinnik vir mekaar, Marilyn is rooi, maar niemand praat 'n woord voor die limousine in Schroderstraat voor die Red Ox Steakhouse stilhou nie.

Die beste tafel wag op hulle en die hoofkelner verwelkom die groep, bied dan verskoning aan omdat die restaurantbestuurder nie daar is om hulle self te verwelkom nie.

Dit is Terrance en Hardin se eerste wettige drankie en hulle bestel elkeen 'n Bloody Mary.

Ursula bestel 'n Chivas Regal, en die twee meisies 'n flou biermengsel.

"Gesondheid! Op Hardin se ID en ook vir julle twee se bestuurderslisensies. Aah, hier kom die Barnards."

Die manne spring op en groet vir Lou, Selma en Magnus.

"So bly jy het jou nuwe ID gekry en julle ander julle lisensies." Selma glimlag, maar kyk vir Hardin.

"Ek is so bly julle is hier, ek wil eintlik 'n ander heildronk instel." Ursula glimlag. "Ek wag net dat hulle die sjampanje bring. Aah, hier is dit nou net."

Die kelner plaas die twee bottels Moët & Chandon Impérial Brut neer, ontkurk dit en bied die kelkie eers vir Ursula aan, maar sy wys met haar kop na Lou.

Hy proe liggies, knik sy kop en die kelner vul die langsteel glase.

"Waarop is die heildronk, Urs?"

Sy lig haar glas. "Op Terrance, Hardin en Magnus, julle aansoek is suksesvol en volgende jaar studeer julle aan die Sorbonne."

"Waat!!!" Daar breek behoorlik 'n ligte pandemonium om die tafel uit.

"Ursula, ek weet nie wat om te sê nie, ek sal dit dalk van die hand moet wys, ek spook om 'n beurs vir Maties te kry." Lou lyk verleë.

"Ek kan verstaan dat Terry gaan en Hardy, maar ons Magnus ..." Selma bly stil as Ursula haar hand lig.

"Die beurs is deur Handford, Frankryk, beskikbaar gestel en ons mag nie die driemanskap skei nie. So, wees vrolik en geniet."

Dit is skuins voor middernag as die limousine voor die kasteel van El Dorado intrek en die vier vrolike mense opstap na hul kamers.

In die gang gryp Cathy vir Hardin vas, soen hom besitlik en fluister saggies. "Gaan jy vir my koffie bring môreoggend, my prins?"

"Hoe laat, my prinses?"

"So tien uur se kant."

Hy trek 'n gesig en soen haar weer. "Ek hoop ons is al terug teen daardie tyd."

"Terug, van waar af?"

"Ons gaan help om die springbokke uit te vang. Daar moet ook ses ramme na die minister toe gaan, hy wil nuwe bloed by sy trop inbring."

Terrance staan in die gang en grynslag. "Lastig, maar ek sal saam met julle gaan en ek dink Marilyn wil ook gaan."

"Yippee! Ja, ek wil graag gaan, asseblief?" pruil Marilyn.

Hardin knik sy kop. "Is reg, ons gaan 'n klomp wees: oom Thys, Mathew, nog twee ander en natuurlik die Barnards ook. Dit gaan lekker sports wees." Hy kyk weer na Cathy. "En jou oorlede pa se broer, Trevor, en dié se vrou, Talana. Hulle wil 'n paar gemsbokke hê."

"Nou soen my, dat ons gaan slaap." Cathy hou haar mond uitnodigend omhoog en steek haar arms uit.

"Natuurlik." Hardin trek haar nader, soen haar behoorlik.

"Pasop sy verf kom af," praat Claudine hard en snedig, "dit is maar dun en dan word jy besmeer."

Die twee breek weg en sonder om na haar te kyk, stap Hardin en Terrance na hulle woonstelle.

Cathy slaan haar kamerdeur toe.

Claudine glimlag venynig maar die grinnik verdwyn toe sy Ursula daar sien staan.

"Claudine, kan ons praat, asseblief?"

"Dit is onbehoorlik om in die gang te staan en te vry."

"Dit is ook onbetaamlik om voor jou nefie en Hardin met skraps, deurskynende nagklere in die gang te staan."

Claudine loer af, skrik en verdwyn in die rigting van haar kamer.

"Jy beter begin oefen, jou boude begin hang en dit is vol dimpels." Ursula lag toe die tweede deur in die middernag toegeslaan word.

* * * * * * * * * *

Thys Viljoen verdeel die klomp mense in groepe. Dit is skaars sesuur.

Cathy word sy saam met Terrance, Claudine en twee lede van die gewone vang-span ingedeel. Saam met Trevor en Talana, is Selma, Magnus, Marilyn en twee ander. Hardin, Mathew en Lou is by die laaste span. Thys sal in die helikopter die hele beweging monitor en help met die aanjaag van die bokke na die boma.

Hulle vorder fluks, maar teen laatmiddag kort hulle nog sewe springbokke en al die gemsbokke.

"Trevor, ek dink jy en Talana moet saam met Claudine in die Isuzu ry en die gemsbokke nader jaag."

"Goed, Thys, maar die Isuzu is sag en sy bakwerk is baie dun. Ek hoor hulle sê dat 'n gemsbok se horings selfs dwarsdeur 'n Land Rover kan steek."

"Ba! Glo jy dit? Maar goed dan, ek sal die Isuzu vat, gaan jy saam met die chopper, maak dit gou vol en laat weet die manne hulle kan met die Bedfords nader kom."

"Dit is te gou," fluister Mathew, "maar my pa luister na niemand nie. Die bokke moet eers uitrus in die boma en dan kan ons laai."

"Kom ons ry, die manne raak ongeduldig."

"Oom Thys gaan die mense nog verongeluk. Ekskuus Mathew, maar jou pa is te haastig."

"Ek weet, maar ek gaan dit nie vir hom sê nie. Gaan jy dit probeer?"

"Hel, kom ons ry eerder, ek sien kans vir 'n lot gemsbokke, maar van ou sterk Thys bly ek weg."

Mathew lag lekker, loer vinnig na Hardin en sien die glimlag. "Hier was 'n ou, so 'n jaar gelede, en hy het my pa hospitaal toe geklap."

"Wat? Dis onmoontlik; met 'n krieketbat seker."

"Right, daar start die Isuzu, kom ons ry," sê Mathew. "Hardin, klim voor in asseblief, ek wil iets weet van julle oorsese geleerdery."

Hy maak so en na 'n ruk praat hy gedemp. "Dit is nie oor die oorsese ding nie, nè, Mathew?"

"Nee, dit is nie, jy's nie de moer in omdat ek van jou pa gepraat het nie?"

"Nee, Mathew, maar hy is nie meer my pa nie. Ek is nou 'n Handford, het jy vergeet?"

"Ou Hardy, ek wil nie hê jy moet my klap of de moer in word nie, maar hy is jou pa en hy sal dit altyd bly."

"Dit is so, maar Mathew, daardie bewysstukke, dit was in sy geweerkas, hoe kom dit op die toneel? Die oorledene het my ma gesteel en ek moes sonder haar grootword."

"Maar ná al die jare, hoekom nou? Daar was baie ander geleenthede, hoekom dit doen in 'n plek waar julle 'n nuwe lewe begin?"

"Ek het myself al mal gedink aan daardie selfde vraag. Maar toe ek hoor hy en 'n swartvrou het 'n verhouding in die selle gehad, toe het ek geweet haat het sy kop skeef geruk."

"Nee magtig, daai is snert, daar is nie vroue en mans deurmekaar by die polisieselle nie. Dit is 'n swartsmeer storie en 'n moerse leuen ook."

"Hoe weet jy dit, Mathew? Asseblief, praat en praat nou." Daar is 'n skerp klank in sy stem en sy hand sluit soos 'n skroef om Mathew se voorarm.

"Jy bly stil, asseblief?"

"Ek sal, Mathew."

“Ek het Trevor en my pa afgeluister toe hulle die storie oor jou pa en die vrou beplan het.”

“Wat?! Hoekom? Hoe kon hulle dit doen, my ... Otto het mos niks aan húlle gedoen nie? Hoekom?”

Mathew maak sy mond oop om te praat, dan ruk hy die voertuig erg en hy skreeu. “Daar’s kak by my pa hulle! Kyk daai gemsbok het sy horings deur die deur gestamp. O hel, daar rol die Isuzu. O fokkit!”

“Jaag Mathew! Die bakkie het nog ‘n keer gerol. Kyk hoe val die mense uit.”

Die ander twee voertuie hou byna gelyktydig stil en gillende mense hardloop na waar die liggame lê of verdwaas sit.

Soos blits is Hardin uit en storm op Terrance af. ”Pel, is jy oukei?”

Die seun skud sy kop verdwaas en knik dan.

“Kyk na sus, asseblief, o hel, my kop is seer,” maar hy kom vinnig orent toe Hardin by Marilyn buk. Dié huil, maar is duidelik nie te ernstig beseer nie.

Hardin draf haastig na die gillende Lou, wat die slap liggaam van sy vrou in sy arms neem en haar soos ‘n klein kindjie sus, terwyl trane oor sy wange rol.

Hy hurk by hulle, druk sy regter voorvinger op Selma se nek, lig haar ooglid op en praat met die kermende man. “Oom Lou, sy is reg, net bewusteloos, laat sy op haar sy lê en kyk dat sy mooi asemhaal. Ek gaan haal wat ek kan kry uit die Landy se noodhulpkissie.”

“Hardy, kom hier, maak gou!” Mathew se stem is rou en geskok.

Hardin hardloop na waar die Isuzu se wrak lê. Die regtervoordeur is skoon afgebreek, die veiligheidsgordel hou Thys vas agter die verwronge stuurwiel. Hardin steek geskok vas as hy die bloed uit Thys se regtersy in fyn straaltjies sien spuit. Onder sy arm steek 'n afgebreekte gemsbok horing en dit is duidelik dat hy erg beseer is. Bloed loop uit sy oor en drup op sy hand.

"Wa... waar's die ... ander?"

"Marilyn is reg, oom Thys. Tannie Selma is bewusteloos en Terry is oukei, Oom."

"R... roep vir Hardus. ... Maak gou ... nie ... veel tyd."

"Byt vas oom Thys, ek is hier, Hardus, Oom."

"Hardus, ek's ... ek's so jammer ... dat ek gelieg het."

"Gelieg, Oom?"

"Ja ... ja. In die hof en by ... polisie. Trevor my baie geld betaal," met sy bebloede hand gryp hy Hardus vas. "Hoor julle? ... Hardus, jou pa ... was onskuldig, hy ... nie James doodgemaak nie ... dit was ..." sy kop kantel en sy liggaam word slap.

Die res van die namiddag sleep verby, die ambulans het Selma na die hospitaal geneem. Nadat die polisie klaar was, het die lykswa Thys ook verwyder.

Hulle sit in 'n swaar stilte by die binnenshuise braai en hierdie keer is al die lede van die Handfords teenwoordig.

Trevor en Talana het, minus die gemsbokke, saam met die polisie gery en dit het 'n hele paar wenkbroue laat lig.

'n Klop aan die deur, breek die stilte. Toe hulle opkyk, staan Mathew Viljoen daar.

“Ekskuus, Doktor, jy wou my gesien het?”

Harold knik sy kop. “Dit is reg Mathew, volg my.” Dit is nie ‘n bevel nie, maar ‘n versoek, en dit laat Mathew ontspan.

“Sit boet, sal jy ‘n drankie drink?”

Hy loer vinnig, ietwat ongemaklik, in Ursula se rigting wat ook in die vertrek sit, antwoord dan: “Dankie, Doktor, ek dink ek sal ‘n whisky drink. Ek’t altyd saam met my pa een gedrink en ek dink ek het dit nodig.”

“Ek is baie jammer oor wat met jou pa gebeur het. Hy het lank vir ons gewerk en ons sal na jou omsien. Toemaar Urs, ek sal skink.” Harold stap na die huiskroegie en gee elkeen ‘n drankie.

“Ek is ook jammer, Mathew,” sê sy, “maar ons moet weet waar wil jy jou pa begrawe?”

“My pa se wens was om veras te word en die as oor die Langberg te gaan strooi,” hy aarsel en neem ‘n slukkie. “Wat gaan ons maak?”

“Maak? Wat bedoel jy?” Ursula draai haar stoel só dat sy hom direk in die gesig kan kyk.

“Ek bedoel die woorde wat my pa laaste gesê het?”

“Het hy gepraat voor hy ...? Is dit hoekom Hardin so snaaks stil is?”

“Ja, my pa het iets vreesliks gesê. Hulle sê mos mens lieg nie wanneer jy op jou sterfbed is nie, nie waar nie?”

“Hulle sê so, maar wat het jou pa gesê?”

“Hy het gesê Trevor het hom betaal. Sy stem het weggeraak, maar hy het Hardy aan die arm gegryp en gesê 'jou pa was onskuldig, hy het nie vir James doodgemaak nie' ... en toe sterf hy."

Harold word wasbleek en sak agtertoe in sy stoel.

Ursula gil hees en rou. "Nee! Nee, wat het ek gedoen? Wat het ons gedoen? Almal van ons, almal." Sy druk haar hande voor haar gesig en huil jammerlik.

Harold staan soos 'n ou man op, staan by sy dogter en druk haar kop teen sy heup. "Ek is ook jammer, so baie jammer. Ek sal bel en dit regstel. Ek sal sorg dat hy uit die tronk kom en so gou moontlik." Hy bied haar sy sakdoek aan en kyk na Mathew. "Skink asseblief vir ons elkeen nog 'n dop, 'n grote vir my."

"Wat gaan ons maak Harold, wat gaan ons maak? Ek het die enigste man wat ek bemin, vals beskuldig en in die tronk laat stop. Wat van Hardin, wat gaan ek, ons vir hom sê?"

"Gaan roep hom Mathew, en jy kan eers buite wag. Urs, stop nou jou trane, jy wil hom nie verder ontstel nie."

Tien minute later kom Mathew alleen terug. "Hardy is nie daar nie, hy het glo geloop en Cathy het hom gevolg. Moet ek hulle gaan soek?"

"Nee, los hulle, dis tyd dat hy met iemand van sy ouderdom praat," antwoord Ursula.

"Cathy? Maar sy kan hom nie verdra nie."

"Sy kon hom nie verdra nie, Harold, maar nóú soen hulle al."

"Waaat! Nou praat ek niks meer nie." Harold trek sy selfoon nader. "Ek wil 'n oproep maak, sien julle later."

Ursula en Mathew stap uit.

“Minister Tebe, hoe gaan dit? Skuus ek bel so laat, maar ek het jou hulp nodig ...” Harold staar na die plafon omdat hy in die rede geval word, en luister na die klaaglied in sy ore. “Toemaar, ek betaal dit sommer nou in, soos altyd elektronies. Nou het ek jou hulp nodig, groot asseblief.”

* * * * * * * * * * *

Solomon Selepe loop in die blink gang na sy kantoor en sien die skoonmaker besig om te mop.

Hy frons, steek by die man vas, wat sy oë vermy en onnodig tussen die skoonmaak lappe vroetel.

“Hoekom mop jy weer die vloer, dit is mos skoon?” Hy steier terug toe die man sy kop oplig. Die lappe val op die vloer en in sy regterhand blink ‘n tuisgemaakte mes en Selepe weet hy gaan sterf.

“Masipa! Jy vrek hond.” Die mes lig hoër en Selepe se stembande vries. Dan swiep die mes neer en rol oor die vloer, gevolg deur die man wat ook neerstort.

Selepe kyk in die blou oë van Otto vas, en hy gaan leun teen die muur,

“Phiri!” (Wolf)

“Heng Solomon, jy was amper dood, jy kan bly wees ek het in die gang afgekom. Wie is dié?” Hy buk by die man op die vloer en kom orent. “Ek het te hard geslaan, wie was die man?”

“Hy ... hy’s vrek?”

“Ongelukkig, maar ek moes gou speel want dis ‘n groot mes en hy het na jou bors gemik. Wat nou?”

"Ek vat net die mes, kom ons loop vinnig kantoor toe en los hom net hier."

"Wat van die lyk, Solomon, gaan jy hom net so los?"

"Was dit nie vir jou nie, Phiri, was dit my lyk wat daar gelê het. Die mense kom nou van ete af en hulle kan maar alarm maak. Hoe het jy hom doodgemaak?"

"Sy nek gebreek, bang as ek probeer keer het, dan het jy tog seergekry."

"Phiri, hou jou besig met daardie gebreekte stoel, ek vra al lankal dat hulle daarna kyk. Hier's een van daai Leatherman messe." Hy gee dit aan en lag, "Jy sal dit terug gee?"

Ondanks die situasie grinnik Stegman terug. "Jy weet ek sal, maar dit voel goed om weer een in die hande te hou. Ek hoor mense kom, en 'n hele paar ook." Hy dop die stoel om en begin die skroewe vasdraai.

Die klomp bars die kantoor binne, maar van die Babelse geraas kan Otto niks verstaan nie en gaan voort met sy werk.

"Ek kom, en een van julle hou Phiri dop, as hy klaar is, kry die tool by hom en vat hom terug selle toe."

Later daardie oggend word hy weer na Solomon se kantoor ontbied. "Jy klaargekry met die stoel, Phiri?" Onmiddellik snap hy wat Solomon beoog.

"Ja, Meneer, maar ek wil daai lugversorger van jou deurgaan en skoonmaak, dit stink."

"Jy is reg, wat se gereedskap soek jy?"

"Net 'n klein platbek-skroewedraaier, paar lappe en seepwater."

"Malinka, vat die gevangene, laat hy die goed kry en maak seker hy vat niks anders of versteek iets nie. Ek wag vir julle."

Twintig minute later hurk Otto by die lugversorger. Selepe stuur Malinka uit.

"Alles reg, Solomon?"

"Hel, Phiri, my mense het uitgevind wie my wou stilmaak en gelykertyd jou daarvoor wou frame. As hy my gelem het, sou die mes in jou sel beland het."

"Donners! Wie is dit wat agter alles staan Solomon? Ek het 'n vermoede, maar ek is nie seker nie."

"Dit lyk asof dit Doyle kan wees, maar ek skuld jou my lewe. Vra enige iets behalwe jou vryheid en ek doen dit."

"Goed, ek wil hê Otto Stegman moet sterf."

"Huh? Wat bedoel jy?"

"Kan jy my op papier laat sterf? Dit wil sê ek soek 'n vals doodsertifikaat en my naam uit alle rekords."

"Hoe de hel gaan ek dit regkry?"

"Daardie ou homey wat ingekom het, laat ons plekke ruil."

Solomon skud sy kop glimlaggend. "Dit gaan geld kos, Phiri, en baie, wat ek nie het nie."

"Ek gebruik mos nie geld hier nie, rook en drink nie. Ek soek 'n bedrag en ek betaal met kaart oor."

"Deksels ja, dit kan werk, hoekom gebruik jy nie jou selfoon nie?"

"Ek het nie een nie en volgens die hof mag ek ook nie een kry nie. Kry die bedrag en ek betaal by ATM oor, soek jou bankbesonderhede ook. Hoe lank is daardie ou geboek en vir wat?"

"Gee kans, ek kyk op die rekenaar. Gaan jy solank aan, ek hoor iemand by die deur."

Twee dae later bring 'n wag Otto na Solomon se kantoor en dié wag totdat dit veilig is om te praat. Otto kry die bankbesonderhede en word na die ATM geëskorteer.

Die dag daarna word die doodsertifikaat van Otto Wolfgang Stegman op rekord geplaas; en Jack Steiner word uit die hospitaal ontslaan en betrek die sel van die 'oorlede' Stegman.

Die volgende dag slaan Jack vier medegevangenes hospitaal toe en die groen-oog, swartkopman word daarna met rus gelaat.

Drie dae later word 'n geboeide Jack na Solomon se kantoor gebring.

"Sit, Steiner." Selepe gaap hom behoorlik aan. "Phiri, ek gaan jou 'n weddenskap aan."

"Wat se weddenskap, en vir hoeveel?"

"In die vorige regering sou so iets nooit geslaag het nie."

"Jy wen, daar sou nie 'n manier gewees het om op ons vlak so iets reg te kry nie. Dankie, my motsoalle." (vriend)

"Jy al jou geld oorgeplaas na jou nuwe rekening?"

"Ek het, dankie, maar my plaas het ek verloor, maar ek het dit tog nooit gehad nie."

"Bliksem, dit is baie geld. Wat gaan van die grond word?"

"Dit gaan na my seun toe, maar hy mag eers die eiendom kry op die ouderdom van vyf-en-twintig."

"Wat gebeur intussen daarmee?"

“Vellies Kortman bestuur dit, hy kry ‘n salaris en die wins word in die Trust inbetaal.”

“Hoekom vyf-en-twintig?”

“Sommer. Hy gaan in elk geval seker eers verder studeer, wat kon jou spioene uitvind?”

“Phiri, my motsoalle, nie ‘n mooi ding nie ... jy weet mos daai prokureur het gesê hy gaan sy van verander na Handford, maar hy het glo vir hom ‘n ander naam ook gekoop.”

“Nee! Hoe kon hy dit doen? Het hy wragtig geglo ek het daai man vermoor? Nee, donners, Solomon, my enigste bloed het my wragtig verraai. Wat is sy naam nou?”

“Hardin Handford en hy gaan in Frankryk saam met die ander seuns studeer. Maar ek het netnou ander selfoon oproep gehad. Dink jy moet mooi luister en moenie kwaad word nie.”

“Is reg, wat kan nog erger wees?”

“Ons was een week te haastig met die ding, maar ek kan dit regmaak en dan gaan ek tronk toe.”

“Ek is die ene ore, Solomon.”

“My informers het my nou gebel, dis hoekom ek jou laat kom het. Daardie man, Thys Viljoen, het gister in ‘n ongeluk gedood, maar hy het voor die tyd gepraat.”

“Ek het geen simpatie met sy dood nie, hoop nie daar is ander mense ook dood nie. Wat het gebeur?”

“Hulle wou bokke vang, en daai gemsbok het horings deur bakkie se deur gestamp. Die bakkie omgeval, ander net bietjies seergekry, maar die horing het in sy sy gedruk. Voor hy dood is, het hy vir jou seun en syne vertel dat hy betaal was om te lieg en jy onskuldig was. Wat gaan jy nou maak?"

Jack laat sy kop sak, skud dit en kyk op. "Otto Stegman is dood; Jack Steiner leef. My seun moes geweet het dat ek onskuldig is. Nee, ek gaan my pad loop as Steiner. Dankie, motsoalle, ek wil nou eers gaan," hy staan op, steek sy hand uit en hulle groet.

"Ons praat môre, gaan slaap, Phiri."

"As ek kan, Solomon, as ek kan, my hart het weer gebreek en hy bloei."

* * * * * * * * * *

Ursula stap die vertrek binne, almal is daar behalwe Hardin en Cathy. "Waar is die tweetjies?"

"Alleen. Ek kan nie verstaan wat jy aangevang het nie! Hy is die seun van die man wat jou kind se pa vermoor het. Dan kry hy boonop nog ons van, hoekom het jy dit nie eerder Doyle gemaak nie?" Daar is afkeur en ongeloof op Claudine se gesig.

"Mag ek iets sê Tannie?" Terrance se gesig is ernstig, hy loer na Claudine met iets soos afsku op sy gesig.

"Wat het ek verkeerd gesê Terrance? Dit is nie nodig om my so te kyk asof die kat my ingedra het nie. Ek is jou niggie en jy sal dit respekteer."

"Verskoon my Claudine, maar jy en almal van julle is verkeerd. So onregverdig! En daardeur het julle die geluk van 'n jong man en sy pa vernietig. Die Handfords se status en geld het van julle heiliges gemaak."

Hulle gaap hom verward aan en Claudine maak haar mond oop om te antwoord, maar Harold se stem klap soos ‘n geweerskoot.

“Stil julle! Almal! Nou dadelik. Jy ook Lauren. Terrance, kom hier, oupa wil met jou praat.”

Terrance staar verbaas na Harold, so ook al die ander. Niemand mag ooit die woord ‘oupa’ voor Harold genoem het nie.

Terrance loer na Ursula, dié knik haar oog en hy loop nader. “Oupa?”

“Sit hier by my, my kind. Ek wil hê julle almal moet mooi luister. Duidelik?”

“Duidelik.”

“Ons sal.”

“Goed, my man.”

“Ek en Ursula het pas by Mathew gehoor van iets verskrikliks wat Thys gesê het net voor hy gesterf het. Ek neem aan jy was ook by gewees, Terry?”

“Ja, Oupa, en ek het elke woord gehoor.”

Die ouman vroetel sy hare deurmekaar en kyk weer na die ander. “Voor hy sy verraderlike asem uitgeblaas het, het hy erken dat Otto Stegman onskuldig was of steeds is. Ook dat Trevor Doyle hom, Thys, geld betaal het, waarvoor weet ek nie, maar ek glo nie Thys sou moord pleeg nie.” Harold kyk vinnig na Mathew en sien die dankbare blik in sy oë, en hy vervolg. “Ek het Minister Tebe versoek om alles in sy vermoë te doen dat ons die onreg teenoor Stegman kan regstel.”

“Dankie Doktor, ek waardeer dit baie, maar sal ‘n regstelling die verlore jare kan vergoed?” Hardin staan in die deur, Cathy hou hom styf vas en snik teen sy bors.

“Nee Hardin, dit kan en sal nie, maar ons kan voor jou pa en die Vader om verskoning vra. Ek is jammer, Hardin.”

“Ek skuld hom die grootste verskoning! Hy is my pa, en ek het hom verstoot! ... Doktor, ek het nie meer die van Stegman nie, as u wil hê ons moet dit verander, dan maak ek so.”

“Ek is trots dat jy die van aangeneem het Hardin, kom skud my hand. Nou gaan ek inkruip, kom jy maar wanneer jy wil Vrou.”

Dit is ‘n klomp verslae mens wat kort daarna na hulle kamers verdwyn.

Cathy slaan haar arms om Hardy, hierdie keer beweeg haar heupe saam en sy soen hom. Stadig breek sy uit sy greep, maak haar deur oop en praat terwyl sy daar staan. “Dankie dat jy my so vinnig en gou bekoorlik vind, my lief.”

“Waarvan praat jy, Meisie?”

Sy glip in die kamer, skakel die lig aan, loer half om die deur en haar stem het ‘n vreemde klank. “Dat jy so vinnig styf geword het, dit voel so groot.” Net voor haar deur toegaan, giggel sy, “Ek sal graag môre met my hand voel.”

* * * * * * * * * *

Vroegoggend is Hardin en Terrance by die perdestalle besig om die perde te laat opsaal. Een van die werkers kom aangedraf en sê dat die doktor hulle dadelik soek.

“Wat het jy nou weer aangevang, tjomma?”

Terrance lag en swaai die .243 Saka se band oor die linkerskouer. “Ek? Jy is deesdae die een wat ons die moeilikheid inlei.” Sy gesig raak ernstig, “Dalk het oupa iets van jou pa gehoor. Kom ons move.”

Die twee gebruik die kombuisdeur, ‘n bediende wys hulle na die onderste eetkamer en daar tref hulle die res van die Handfords aan.

“Môre, is daar fout?”

Ursula skud haar kop. “Nee, maar as oupa kom en julle met gewere hier kry, dan gaan daar wees. Bêre dit en kom kry koffie.”

Hardin glimlag vir Cathy wat hom met ‘n soet glimlag en ‘n knipoog beloon.

“Wat is verkeerd, Tannie?”

“Terry, ek weet nie, Oupa het net oor die interkom gesê ons moet almal om seweuur hier wees. Dit moet iets ernstigs wees. Wou julle iets gaan skiet het?”

“Tannie, ja, een van die manne het gister donker kom vertel van ‘n springbokram wie se agterbeen morsaf is. Ons gaan hom van sy pyn verlos.”

“Dit is ‘n mooi gebaar, maar kon julle nie een van die veldwagters kry nie?” vertrou op Claudine om altyd die laaste sê te sê.

“Claudine, ons drie vlieg oor ses dae Frankryk toe en dit sal waarskynlik ons laaste kans wees om ‘n bok te klap.”

Die deur gaan oop en Harold kom stadig ingestap, sy gesig stroef en die oë op sy vrou gerig, maar dit is tussen Terrance en Hardin wat hy gaan staan. “Môre, almal, ek is jammer om julle in julle niksdoen te onderbreek.” Niemand lag nie en hy gaan voort, “ Ek wil hê julle moet hier wag. Hardin, kom help my asseblief gou met iets in my kantoor."

Die twee verlaat die vertrek en die ander begin onder mekaar te fluister-vra. Hulle bly stil as Harold na tien minute alleen terugkom.

"Ek het, soos julle weet, nadat ons die ontstellende nuus gister verneem het, die minister geskakel. Hy het my pas teruggebel en die nuus is nie goed nie. "

"Asseblief, Harold, praat."

"Dit is met verbystering en skok dat ek verneem Otto Stegman het vier dae gelede gesterf. Sy as is reeds op die plaas Heimat gestrooi."

"Nee! Dit kan nie wees nie. Nee. Nee. Dit is 'n leuen, hy sal terugkom na my toe. Alles sal regkom en hy sal ..." Ursula gil, bars in trane uit en hardloop die vertrek uit.

"Cathy, wag eers, waarheen gaan jy?"

"Ek gaan Hardy soek, Oupa. Hy het my nodig, waar is hy?" Dit is die eerste keer in 'n lang tyd dat iemand Cathy in trane sien.

"Gaan my kind, hy wag vir jou by die wilgerbome. Maak net gou, asseblief."

Dit is amper aand se kant toe Cathy en Hardin hand aan hand die klein braaikamer binnestap.

"Doktor, kan ek iets vra?"

Ursula spring op en omhels die twee jong mense.

"Natuurlik, gaan sit julle tweetjies daar op die bank. Praat gerus Hardy en jy mag oupa sê, ek sal dit waardeer as jy dit doen."

"Dankie, ... Oupa. Hoekom het hulle my niks laat weet nie, ek is immers sy enigste seun?"

"Jy is, en ek het dit so aan Minister Tebe gestel en sy antwoord was ..." Hy kug. "Hoekom los jy dit nie liewers in vrede nie, Seun?"

"Nee, Oupa, ek moet weet."

"Hy sê hulle het jou nie laat weet nie, omdat daar geen rekord is dat jy in die tyd wat hy daar was, enige navraag oor hom gedoen het nie. Jy het hom nooit besoek of selfs 'n enkele brief aan hom geskryf nie. Hulle het sy testament aan my ge-email. Daar is dit op die tafel."

"Dankie, Oupa." Hy tel die dokument op, lees dit deur en laat sak sy kop. "Oupa dit gelees?"

"Nee, my kind, so is ek nie. Maar jy kan vertel as jy voel dit is nodig."

"Ek erf al sy roerende bates: meubels ensovoorts. Daar is ook 'n plasie wat hy gekoop het aan die Oranjerivier en dié mag ek eers myne noem as ek vyf-en-twintig jaar oud is. Vellies bestuur intussen die plek en alle winste word in 'n trustrekening inbetaal." Hy vryf oor sy oë en kyk dapper van die ouman na Ursula en dan Cathy. "Al wat ek het, is die mooi herinnerings van byna agtien jaar. O heng, ek was 'n dwaas, nee, ek is 'n stuk stront." Hy hardloop die vertrek uit.

Woensdag kyk Hardin deur die Airbus se venster hoe O.R. Tambo al hoe kleiner en kleiner raak, dan na Magnus langs hom. "Daar is dit manne: 'n vaarwel en binnekort 'n bonjour."

In die lughawegebou staar Cathy, Ursula en Selma die straler agterna, totdat dit in die wolke verdwyn. Kyk na mekaar, huil saam en omhels mekaar.

Hoofstuk 7

Vyf jaar en twee maande nadat Otto Wolfgang Stegman by Kroonstad Gevangenis ingestap het, stap Jack Steiner uit. Weliswaar twee maande langer as wat Stegman moes gesit het, maar dit was die tyd wat Steiner agter tralies moes deurbring. Sonder om om te kyk, slinger hy sy verweerde rugsak oor die linkerskouer en stap in die rigting van die dorp.

Hy kry die ouerige Nissan Sani op die plek waar Solomon gesê het dit sal wees – mense steel nie graag motors voor 'n besigheid met die naam van SAFFAS nie. Hy hurk by die regter agterwiel, maak of hy iets aan sy rugsak verstel, voel bokant die wiel aan die bakwerk en trek die sleutel met maskeerband en al af. Sit dan sy rugsak op die agterste sitplek. Die motor vat oombliklik en die enjin dreun gesond. Hy kyk na die paneel, glimlag wrang en dink: *'n man kan seker nie 'n vol tenk verwag nie.*

Hy ry tot by die eerste vulstasie, versien die motor en ry uit die dorp, kyk vlugtig na die aanwysings. Die aanwysingsbord Geneva, wys na regs, hy draai af en praat hardop met homself: "Die grondpad is sinkplaat, darem nie slaggate nie." So twee kilometers verder is daar 'n groot trekkeragterband aan sy linkerkant, gemerk: *Kleynhansrust.*

Hy wonder terloops of daar nog Kleynhanse op die plaas boer. Enkele kilometers verder kry hy 'n ouman op 'n donkiekar en hy hou stil. Die drywer spring af, verslete klere en 'n slaprandhoed, maar toe hy by die regterkant kom staan, sien hy dat die man beslis nie oud is nie.

"Alfons?"

"Phiri." Alfons oorhandig 'n vuil gereedskapkassie aan hom, groet en stap terug na die donkiekar.

Jack ry tot by Geneva graansilo's, trek van die pad af en maak die gereedskapkassie oop. Onder 'n paar olielappe is sy nuwe ID-kaart en bestuurderslisensie, ook 'n Ruger 9mm Parabellum en vyftig loodpunt patrone.

Die Sani loop soos 'n horlosie en vier ure later neem hy brandstof in by Colesberg, eet 'n pakkie slaptjips, koop 'n 500 ml Coke en gaan soek Merino Inn Hotel.

Na ontbyt ry hy na waar die plaas Riviersig moet wees. Die pad is netjies, so ook die drade. Die gras is welig en beslis nie oorbewei nie.

Die grasdakhuis is redelik groot. Langs dit staan 'n viertal rondawels, ook met grasdakke. Hy parkeer by rondawel nommer drie, en klim uit. Vellies het niks ouer geword nie en sy stap is ook nog vol vuur.

"Middag, jy is seker meneer Steiner?" Hy haal sy hoed af, sy oë vernou en hy frons onseker.

"Middag, jy moet Vellies wees, en ja, ek is Jack Steiner." Sy mond is opeens droog: *sal die lang swart hare en die litteken van die linker mondhoek tot hoog op die wangbeen hul doel dien?*

Die vermomming is blykbaar doeltreffend, want die onsekerheid verdwyn uit Vellies se oë. "Het

Meneer dalk die brief gebring van die agent van die oorle eienaar?"

Hy knik sy kop en oorhandig dit aan Vellies. Dié lees dit stadig deur en kyk op. "Hier staan die hof het gesê dat jy, meneer Steiner, hierdie plaas kan bestuur totdat klein meneer Hardus terugkom. Is reg, Meneer, maar wil jy nie in die groot huis gaan bly nie?"

"Nee wat, Vellies, en die mense noem my Phiri, jy kan my ook so noem. Ek is nie lief om meneer genoem te word nie. Kies maar Jack of Phiri."

"Sjee, Phiri, wat se taal is dit? Ek verstaan mos net die Kalahari se boesmantaal en Afrikaans."

"Phiri beteken wolf, maar ons het mos nie regtig wolwe hier nie."

"Phiri is die naam wat pas, met daai groen oge en swart hare kan jy 'n wolf wees. Kan ek iemand stuur om te help?"

"Nee wat, ek's oukei, wil net bietjie gaan stort. Die pad van Bloemfontein af was besig en ek het gisteraand baie gehad om te doen."

"Is reg, Phiri, daar is die kombuis en eetplek. Die kos is gewoonlik so by six o'clock reg."

"Is hier mense by die ander rondawels?"

"Niks nie, Meneer."

In die omgewing van halfelf daardie aand stap Jack na die oewer van die Oranjerivier en gaan sit. Kyk na die volmaan se lig wat op die water dans en dan bid hy. Sag en innig, en in die maanlig is sy trane silwer paadjies wat drup tot op sy bors.

* * * * * * * * * *

Die volgende paar dae gaan ongelooflik sag op die gemoed verby. Hy en Vellies spook met die besproeiingspype en verdubbel die aantal hektare wat tans benut word.

"Wat gaan ons hier insit, Phiri?"

"Voer, soos lusern, hawer en dan tef. Jy kan jou besig hou met die groente, daai goed en ek is nie maats nie. Ek dink ons moet paar kalwers kry. Dalk 'n melkkoei of ses en baie beslis 'n perd of twee."

"Jy praat groot dinge nou Phiri, maar hierso naby is 'n ryk, alleen antie wat sulke goed het en haar prys is sag op die beursie."

"O, jy moet my wys waar bly die antie, dat ek gaan pra... wat se damn bees loop in ons veld? Kom, laat ons die bakkie soontoe druk."

Daar is 'n sestal Drakensberg-verse wat heerlik aan die soetgras smul en agter hulle is die grensdraad in stukke.

"Ek het laaste week die draad reggemaak. Die antie was by die see en die voorman van haar is te lui, te vet en te skelm."

Stadig begin hulle die verse terugjaag na die opening in die draad. Dit is duidelik dat Vellies beeste ken, want hy swaai nie arms of raas nie, maar tog vat dit vyftien minute voor die laaste vers deur die draad is.

"Verdomp, ek sal hier staan dan gaan haal jy die gereedskap en die rol draad in die bakkie. Wag eers, hier kom 'n Land Cruiser aangejaag."

"Phiri, jy wou die antie van die bees sien, en ek dink jy gaan haar sommer nou sien. Ek geloof dit is sy wat bestuur, sy wil alles altyd vinnig doen."

Die voertuig sleep tot stilstand. Twee mans in blou oorpakke spring af en draf nader.

Jack se mond gaan oop om te baklei, maar klap geluidloos toe, toe 'n vrou om die voertuig geloop kom. Hy staar haar oopmond aan. Haar lyf, wat in die denim gegiet is, is sag op die oog. Die blonde hare is nie grys, soos hy verwag het nie. Sy is pragtig en beslis geen antie nie.

Haar stem sweepslag. "Vellies, het julle diere al weer die draad gebreek? Jy sal moet kyk, ek kan nie aanmekaar alleen regmaak nie." Sy ignoreer Jack totaal, nie omdat sy ongeskik is nie, maar die swartkopman met die litteken op sy wang, het haar bene lam en haar hart aan die tango.

"Sjee, juffrou Persie, ons het niks diere hier nie en ek het laas week draad reggemaak wat daardie swart Bergers gebreek het."

"As jy Drakensbergers wil aanhou, het jy goeie draad nodig en nog beter toesig ook." Sy stem is sag, maar dit tref so erg soos die skop van 'n muil.

Haar kop ruk so vinnig om dat haar hare soos 'n goue waterval om haar gesig val. "Wie de duiwel is jy?" Haar pers oë skiet vuur, sy druk haar hande op haar heupe en die welgevormde bene sper oop.

"Net iemand wat bees ken, veral die Drakensbergers, en dit eendag, as my skip kom, graag op Riviersig wil laat wei."

Sy stamp haar stewel op die droë grond dat die stof so staan. "Antwoord my vraag, wille wragtig!" Sy stamp nie weer haar nommer ses nie, veral toe sy die stof op die stewel sien. "Maak reg mense, en maak behoorlik reg. Ek wag, scarface." Sy bloos toe sy die impak van haar woorde opmerk en wil om verskoning vra, maar hy lig sy hand.

"Scar! Ek lief daardie naam meer as Phiri wat ek nou genoem word. Steweltjie, weet jy wat beteken Phiri?"

Stomgeslaan en verdwaas skud sy haar kop.

"Dit beteken wolf, maar hier in die binneland is nie wolwe nie, net aardwolwe, hulle is skadeloos. Nee, Scar sal dit wees, hoor jy Vellies?"

"Auk. Ek hoor Phiri is deur die draad, is net Scar wat hier is. Wat sê daai Ingelse naam Ph... Scar?"

Hy vat aan die litteken en glimlag vir die verleë vrou. "Dit is die sny op my bakkies, ou Vellies, en dit pas. Dankie, mevrou Steweltjie."

"Ek is nie mevrou Steweltjie nie, my naam is Persis Lombard, en ek is jammer oor die bynaam."

Hy stap nader. Die pers oë vlug afwaarts, maar hy steek sy hand uit na haar toe. "Jack Scar Steiner, aangenaam om te ontmoet, Persis."

Haar sagte hand verdrink in syne en 'n glimlag skeur die verleentheid op haar gesig in 'n skitterwit verskoning. "Aangenaam, Jack."

"Nie Scar nie?"

"Net as ek kwaad is."

"Dan gaan jy my nou weer so noem, want hier kom daai verse al weer en nou is daar 'n beneukte bul agter hulle. Dalk moet jy in die Cruiser kom, Persis, daai is nie 'n Drakensberger nie, daai is 'n Jersey."

Die werkers gooi hulle gereedskap neer, met angskrete hardloop na die Cruiser en spring agter op die bak.

“O hel, dit is Brutus, en ek gaan nie die Cruiser haal nie.” Haar laaste woorde klink vreemd, want Jack het haar met brute krag en spoed oor die 1,5 meter draad gepluk.

Die bul snork verwoed, maar swenk weg en die verse maak die opening in die heining net groter. Steek ‘n ent verder vas en begin doodluiters wei.

“Baie dankie, Jack, en jy kan my maar neersit.” Haar hart gaan soos ‘n Listerenjin tekere en sy gee nie eers om nie, dit is heerlik hier in sy sterk arms.

“Plesier, jy is so lig, nie eers agtergekom ek hou jou nog vas nie en ek glo nie ek sou as jy nie gepraat het nie. Dit is nogal lekker om ‘n vrou vas te hou, dit was lank gelede.” Hy kyk na haar en die litteken lag saam met sy mond.

“Asseblief, Jack, my werkers is hier.”

Oombliklik laat hy haar tot op haar stewels sak.

“Skuus Persis, ek verstaan, maar dit was baie lekker. Nou sal ons daardie ses verse weer moet terugkry.”

“Wag, jy het genoem jy wil bees aanskaf, en ek het ‘n probleem, my weiding het sleg afgebrand, ek sal moet minder maak. Stel jy belang?”

“Ek dink ons moet jou weer anderkant die draad kry. Ek en Vellies sal hulle water toe druk. Dan sal ek graag wil kom kyk wat jy het en hoe ons die ding gaan uitwerk. Terloops, hoeveel besproei jy?”

“Niks nie, my grond is ver van die rivier en die buurman stel nie belang om my water te laat kry of weiding beskikbaar te stel nie.”

"Ooh, ja, ken van daardie soort, dink hulle besit alles wat die Skepper geskep het. Sê jy net wanneer, en ek kom."

"Wat van môreaand dan maak ons 'n vleisie op die vuur eetbaar?"

"Ek lief jou Afrikaans en ek gaan beslis daar wees. Wat sal ek saambring, behalwe myself?"

"Wat drink jy ?"

"Enige bier en Klipdrift met die bruin etiket. Dit klink of ek wil kom suip, maar ek noem dit net."

"So gedink, watter bier verkies jy?"

"Lion of Castle, maar ek is nie vol fiemies nie."

"Kan jy so vyfuur se koers kom, dalk vroeër dat ek jou die bees kan wys? Ken jy die pad?"

"Vellies sal my beduie; dan sien ons môre, Persis."

"Voor jy loop, laat ek net my selfoonnommer vir jou gee."

"Ek het nie my selfoon by my nie en ek ken ook nie my nommer uit my kop nie. Wag, ek skryf dit sommer op my sigaretpakkie."

Hy en Vellies praat eers weer toe hulle by die waterkrip kom.

"Ekke maak nie die krippe so baie skoon nie." Erken Vellies en begin die balklep vaswoel.

"Jy weet hier suip niks nie, Vellies, en ek dink die paddaslyk seël die barste, so moenie kommer nie. Ek soek die bobbejaan die ander sleutel gaan nie die uitlaatprop loskry nie." Jack staan op sy knieë langs die sementkrip en vat die bobbejaansleutel by Vellies.

"Hy's baie vuil," sê Vellies skaam, "en kyk die klomp platannas. Ek gaan 'n blik kry, is lekker aas. Vang jy vis, Scar?"

"Nie regtig nie, maar ek dink jy moet my leer hoe, dink nou ek sal kan sit en wag agter 'n visstok. Kry die blik of iets dat jy dit kan saamvat. Jy gooi net nie die goed in die swembad nie."

"Nog nout, ou Vellies is nie bang nie, maar ek speel nie met 'n leeuman se toolboks nie." Hulle lag saam en dit is skemer as hulle op die werf aankom. "Kom, ek help jou aflaai en dan kan jy tjaila."

"Dankie, Scar, dit was 'n goeie dag en ek is bly jy het Persie leer ken en ek geloof julle gaan regkom met die bees. Jy onthou ek vat vroegoggend die groente Colesberg toe?"

"Ek het vergeet. Ek wil vir 'n jou lysie gee en geld dat jy vir ons 'n paar goedjies koop. Hoe laat ry jy môreoggend?"

"Is net as die son sy kop uitloer, is reg, Scar, ek sal kom kry."

Jack duik nakend in die swembad, swem vier lengtes; en klere in die hand, stap terug na sy huis. Trek 'n kortbroek en 'n hemp aan. Vat 'n bier, 'n papiersak biltong en stap uit op die stoep. Haal die pistool uit die broeksak, sit dit langs hom op die tafeltjie neer, gaan sit en maak 'n Lion oop. Leun agteroor, maak sy oë toe en hoor die kraakgeluid van 'n korhaan en kort daarna die tjankkreet van 'n jakkals.

Tipies van alleenloper, praat hy saggies met homself: "Waar is jy nou, Hardus? My seun met 'n ander naam en van? Dit maak nie saak nie, dit is net ‘n aanspreekvorm, maar dit was iets groters as net dit. Waar was jy die vyf jaar en hoekom het jy nooit eers ‘n boodskappie gestuur nie? Het jy waaragtig geglo ek sou die man wat my vrou gesteel het, vermoor? Dit met die mes wat jy my gegee het, en boonop sy keel afsny nadat hy gewond is? Sal ek my mes en egskeidingsbevel op die toneel agterlaat? En hoekom sal ek my egskeidingbrief na amper dertien jaar daar agterlaat?” Hy staan op, stap van die stoep af en onder ‘n kareeboom verlig hy sy nood.

Hy maak nog ‘n bier oop en dink aan Ursula en die ongelooflike hipnotiese krag tussen hulle. Hy onthou haar warm, sagte lippe, die geur van haar lyf en hare, die ferm-sagtheid as sy teen sy lyf beur. Hy staan op, slinger die halwe bier in die vuilgoedblik, vat sy sigarette en die pistool. Tien minute later slaap hy; die keer droom hy van die blonde Persis en van beeste.

* * * * * * * * * *

Hy spandeer die dag in die veld en kyk na die ses nuwe intrekkers. Hulle kom vinnig nader as hy handevol van die droë lusern om hom strooi. Die laaste lusern vat hulle langnek uit sy hande en draf agter die bakkie aan tot by die hek, dan draai hulle om, peusel verder.

Teen tweeuur se koers is Vellies terug met klomp negosieware en ‘n breë glimlag.

“Scar, die groente het mooi geprys, ander is rakke toe. Ek het alles gekry en ek dink jy moet daai Sani trek dat ek hom kan hose pipe gee.”

Om twintig voor vyf klim hy uit die Sani, kyk rond en fluit bewonderend. Dit is meer villa as huis. Trouens, die Spaanse deel is aangebou, so lyk dit van hier af, maar wat sy aandag die meeste trek, is die vier wolfhonde wat hom kwyltong aankyk. Net die sterte roer liggies, maar geen geluid uit die druipende bekke nie. Stadig stap hy nader, geen geluid nie, net die nekhare wat rys.

"Sit!" Hulle gehoorsaam Persis se bevel summier, sonder om hulle oë van hom af te wend. En Jack gaan sit handeviervoet.

Sy lyk ongelooflik mooi in die denim, geruite hemp en 'n ander paar stewels.

"Jack, wat makeer, het jy seergekry?" haastig maak sy die hekkie oop en stap vinnig na hom.

"Nee! Ek wag net vir die bevel om te staan." Hy hou sy gesig doodernstig en laat sy tong uithang.

"Jy is verspot," giggel sy. "Staan!"

Hy en die honde staan tegelyk op.

Sy lag harder, steek voor hom vas en die pers oë flikker vrolik. "Soen!" Hy soen haar en die honde tjank saggies.

"Kan ek maar weer gaan sit?"

"Nee, jy's verspot, welkom op Panorama en kom ek stel jou voor aan my wolwe." Sy roep hulle name een vir een en so steek hulle poot uit ook.

"Pragtige plaas, huis, honde en 'n nog mooier eienares." Hy streel Zorba se kop, haar waarskuwing vries nog voor sy dit kon uiter.

"Jy 'n towenaar in plaasklere?"

"Nee, hoekom?"

"Ek het Zorba geteel en grootgemaak, en hy duld net my aanraking wanneer ek sy toonnaels knip, of hom badtyd sjampoe smeer."

"Wie weet, dalk is ek 'n wolf in skaapsklere."

Sy ril gemaak, en spring tussen die honde in. "Kom wolf, hierdie wolwe sal my beskerm."

Hy grynslag vir haar kamma-bravade.

"Ek wed jou 'n stuk biltong, hulle sal na my toe kom."

"Ek aanvaar, maar jy lok hulle nie met 'n stuk biltong nie, nè?"

"Geen voorwerpe nie, en ek kan hulle nie met biltong lok nie."

"Hoekom nie?"

"Want ek het nie, moet dit eers by jou wen."

"Jy is te slim. Wys?"

"Kom hier." Hy klap op sy bobeen, die honde kom drom om hom.

Sy skud haar kop in ongeloof. "Kan dit nie glo nie. Wag, ek bring die biltong."

"Wag, Meisiekind, kan ons nie eers die bees gaan beloer nie en ek sal graag die plaas wil bekyk. Boer jy alleen of is jy dalk getroud?"

"Probeer jy my dalk nadertrek, buurman? Nee, ek boer self en hier is twee bestuurders. Glo nie hulle is nodig nie, maar my neef, die eienaar, dink so. Kom, ons ry met die plaasbakkie." Hulle loop en sy beveel die honde. "Huis!" Hulle draai om en met afstandsbeheer maak sy die hekkie toe.

Hy wil die bakkie se regterdeur oopmaak, maar sy spring hom voor, hy klim links in en Zorba spring agterop.

"Kyk nou, ek kan dit nie glo nie. Zorba, huis!"

Jack lag vir haar, en met 'n uithangtong, so doen Zorba ook.

"Dink jy moet Zorba se naam verander."

Sy lag net, skakel aan en ry.

"Wat stel jy voor moet die naamsverandering wees ?"

"Biltong!"

"Netjies en skerp."

Die doringhoutvuur brand hoog, kuier-hoog, en hulle sit op 'n houtbank, elk met 'n yskoue Lion.

"Wat dink jy van die beeste?"

"Puik kondisie, veral die Afrikaners, ek het verstaan dat die Drakensbergers stoetdiere is."

"Ek is seker ons sal kan regkom met die Afrikaners en ja, die ander diere is my neef s'n, soos die plaas. Ek het net 'n stukkie daar teen jou boonste kamp."

"Wie is jou ..." Hy bly stil toe haar huistelefoon lui. Hy sien die beweging links van hom by die privet-laning, staan op en sien dit is een van die plaasbestuurders, 'n sekere Nel, maar die man verdwyn weer.

Hy steek 'n sigaret aan, sien die deur gaan oop; aan haar lyftaal weet hy, en sit sy rookgoed in sy bosak. "Voor jy begin verduidelik, ek kan aan jou gesig sien my kuier is verby. Dit is baie jammer."

"Ek weet nie hoe om dit te stel nie, my neef het my nou gebel om te sê dat jy nie op sy plaas mag kom nie. Maar as jy geld kan bekom of 'n verband kry ..."

“Ek verstaan, gee my jou prys, ek glo ek sal kan bykom.”

Sy vermy dit om na hom te kyk, noem die bedrag en vat ‘n sluk bier. “Ek glo nie my prys is te styf nie.”

“Dit is te min, kan jy my dalk laat weet hoe en waar ons kan teken dan plaas ek die geld onmiddellik oor?”

“Goed, ek sal by my prokureur hoor en jou ‘n tyd gee. Maar ek sal jou selfoonnommer moet kry.”

“Natuurlik, wag ek gee jou ‘n missed call dan stoor jy dit.” Hy maak so; op die tafel lui haar selfoon en sy doen die nodige.

Sy stap saam tot by die Sani. “Jack, dit maak aan my nie saak dat jy in die tronk was nie, maar my neef voel dat dit en die feit dat jy daar was vir diefstal, te erg is.”

“Ja, die klippe van die heiliges.” Hy klim in die voertuig en rol die venster af. “Jy kan vir Nel sê hy moet katvoet trap. Ons tronkvoëls is gevoelloos.” Hy skakel die voertuig aan, maar sy spring vorentoe.

Daar is trane op haar wange en ook in haar woorde. “Ek gee nie ‘n hel om of jy in die tronk was vir skaapdiefstal, aanranding of moord nie, ek is mal oor jou. Ry asseblief, ek gaan oor ‘n halfuur ook ry en al die vleis saamvat, kan ons by jou braai? Asseblief.”

“Ek sal wag en baie dankie. Mooi ry.” Sonder om te groet ry hy, en by die uitdraaipad draai hy links in stede van regs. Maak ‘n U-draai en hou ‘n ent weg stil. Hoop dat sy een van daardie vroue is wat eerder te gou as te stadig gaan wees. Hy is reg, skaars vyftien minute later draai haar Kia regs en dan ‘n half kilometer verder regs by sy indraai in. Wag nog twee minute en sien een van die Panorama bakkies kom uit, draai ook regs en dan in by Riviersig se indraai. Sonder ligte agtervolg hy die laaste voertuig, so honderd meter voor die huis hou die bakkie stil. Die kajuitliggie gaan aan, hy sien dit is Nel en versigtig sluip hy nader. Die man is so gefokus om te sien wat aangaan dat hy niks hoor nie, sak net inmekaar as Jack hom op die nekaar slaan. Hy druk die man se eie sakdoek in sy mond, woel dit vas met die man se kous. Blitsig bind hy die man se arms agter sy rug; en sy enkels met Nel se eie skoenveters en lyfband.

Hy ry om die Nissan en hou net betyds langs die Kia stil.

Persis steek vas en stap nader. “Een bier en jy verdwaal na jou eie plaas,” lag sy en draai na die Kia. “Kom, help my afdra, asseblief.”

Versigtig vat hy haar aan die arm. Sy draai om en sonder enige aarseling soen sy hom liggies.

“Kan ek jou iets vra?”

“Natuurlik, Scar.”

“Het jy vir iemand gesê dat jy hierheen kom en het enigiemand die reg om jou te agtervolg?”

“Nee! Het jy iets anders gedrink?”

“Niks nie, maar ek gaan later.”

Vellies se stem onderbreek hom. “Ekskuus my ...”

“Wat sluip jy so rond, Vellies man?! Jy kan seerkry. Wat’s fout?”

“Ek het die ligte gesien en toe agter hom ander ligte. Gedink ek kan help iets aflaai, maar toe sien ek daai tweede een is die bakkie wat die groente en ander goed by die nag kom steel.”

"Watter bakkie was agter my, is mos net Jack se bakkie?"

"Nee, Juffrou, is ander bakkie sonder die ligte. Ek genader kruip toe ek derde kar hoor, maar ek ken hóm, is Scar se kaloi. Toe sien ek jy loop agter daai skelm en moer hom lights out."

"Wie het vir wie gemoer?"

"Scar daai skelm wat agter jou aangery het, gemoer, juffrou Persie."

"Wie het jy geslaan, Scar?"

"Daai Nel-knaap, ek reken dit is hy wat oor die tronk gepraat het."

"Ja, dit is hy en waar is hy nou?"

"Kom ons loop, het jy 'n ordentlike flitslig, Vellies?"

"Ek het en ook ek hoor daai skelm wil try om los te kom."

Nel is by sy positiewe as hulle daar aankom. Hy spook, spartel en swets, maar die nuwe nylon toue sny net in sy gewrigte in.

"Maak my los, kry die polisie dat hulle kan bystaan as ek jou stukkend bliksem, tronkvoël."

"Is reg, ek sal self bel," sê Persis.

Nel skrik hom spierwit as hy haar sien en onmiddellik vertolk hy die martelaarsrol.

"Dankie, Persis, ek het jou neef gebel en gewaarsku dat die man 'n skaapdief is en in die tronk was."

"Maak so, Meisiekind, ek gaan solank die mandjie inbring en begin vuur maak."

Vellies maak kort daarna sy verskyning, met 'n allemintige knopkierie en hy stuur Persis vuur toe.

"Gaan staan eerderste by hom, Juffrou, ek kan by sy oge sien, hierdie ding het hom seergemaak."

Sy sluit by Jack aan. "Ek wil jou om verskoning vra."

"Moenie, ek verstaan, maar ek gaan met jou praat. Jou vertel ek was in die tronk, 'n rapsie oor die vyf jaar. Nel het my 'n skaapdief genoem, maar ek verseker jou, ek het nog nooit iets gesteel nie, behalwe perskes op skooldae."

Sy glimlag net. "Bier of wat?"

"Wat is wat?"

"Klippies, ys en kola?"

"Nee, die Klippies klink prima, die ander twee is 'n vermorsing, en gewone water is net die ding. Het jy alles hier?"

"Alles en 'n bak gekerfde biltong." Sy loop tafel toe, in die verbygaan tik sy hom met die heup en versnel haar spoed. "Hier kom die polisie. Dit is vreemd dat hulle so vinnig is. Gewoonlik 'n uur of wat te laat."

Twee polisievoertuie hou stil, een 'n bakkie en die ander 'n sedanmotor.

Kaptein Ross Willemse is baie bekwaam en baie beleefd met Persis, maar bot en vyandig teenoor Jack. Sy vrae is beledigend en heeltemal doelloos. Daarenteen is hy baie simpatiek met Sakkie Isak Nel.

"Weet jy wat Willemse, ek dink jy moet maar van die betredingklag vergeet en dat ou Sakkie huis toe gaan. Ek en juffrou Lombard wil graag ons vleis gaan braai."

"Hmmmf. Jy seker dit is nie gesteelde vleis nie, jailbird? Ek gaan in elk geval die eienaar van die plaas, ene Hardin Handford, bel en hoor oor die matigingsbrief."

"Hy is oorsee dink ek, dalk moet jy die prokureur bel."

"Ja, is beter. Gee sy nommer."

"Wag, ek kyk en dit is 'n sy. O, hier is dit: doktor Grace Selepe en hier is die nommer," hy lees dit, maar loer skelm na Persis en sy hou haar hand voor die mond.

Kaptein Willemse is bleek geskrik, sy hande bewe só dat sy selfoon op die vloer val. Sy adjudant tel dit op.

"Doktor Grace Selepe, wat gedurig op die TV is?"

"Ja, ek dink hulle noem haar me Pitbull."

Willemse draai na sy adjudant "Laat hulle vir Nel 'n waarskuwing gee en as hy moeilik is, vat hom polisiestasie toe en wag." Hy glimlag en draai eers na Persis, "Totsiens, Juffrou, en ek is jammer oor alles." Dan draai hy na Jack en steek sy hand uit. "Jammer oor die ongerief, meneer Steiner, ek sal sorg dat jy nie weer gesteur word nie."

Jack kyk na die uitgestrekte hand, draai om en stap na die deur. "Nag, Willemse." Hy maak die deur hard agter hulle toe, draai om en bars uit van die lag. Persis is lankal besig om te lag.

"Dit was 'n uitklophou. Kom, dat ons gaan braai, ek is honger."

Die kos was heerlik en die geselskap nog beter. Dit is net voor tien dat hy saam met haar na die Kia stap. Sy plaas die koelkassie en ander houers in die voertuig, draai om en glimlag. "Ek het gesit en dink aan al die braaie wat ek die afgelope tien, of meer, jare gehad het. Dit is loshande die aangenaamste en beste ooit, baie dankie." Sy lig haar mond en as hulle lippe ontmoet, gooi sy haar arms om sy nek en haar liggaam smelt teen syne vas.

"Sjoe!" Jack trek sy kop effe terug en fluister teen haar lippe. "Dit is die lekkerste bedanking wat ek nog ooit gekry het. Kan ons nie weer braai nie?"

"Mmmm. Ek sal jou enige tyd so bedank, met of sonder 'n braai. Dankie, Scar."

"Terloops, wie is jou neef?"

Sy trek hom nader, soen hom weer, klim haastig in die motor en maak die deur toe. Skakel aan en laat sak die venster. "Dis Trevor Doyle, sy broer en hy het saam die plek besit, maar 'n paar jaar gelede is sy broer vermoor. Sy naam was James. Nag, my liefling." Die agterligte van die Kia is al deur die duisternis ingesluk, maar steeds staan Jack roerloos en daar is 'n dowwe gevoel in sy binneste. Hy druk teen die hekkie, laat sak sy kop en voel hoe die haat deur hom spoel. "Wie en wat is jy, noodlot? Laat my staan, jy het soveel mooi en kosbaar uit my lewe geskeur, hoekom nou weer?" Soos 'n ouman stap hy die huis binne, raak met klere en al aan die slaap.

Hoofstuk 8

Die volgende dag gaan hy en Vellies na die kamp wat hy vir die Afrikanerbeeste ingedagte het, en peuter onnodig aan die heining wat niks makeer nie. Hy kry sy pyp, vat sommer die selfoon ook saam en gaan sit op die Willys se enjinkap. Sien daar het pas ‘n boodskap op sy selfoon deurgekom. Steek sy pyp aan. Lees dan dat hy binne ‘n halfuur by die grensdraad moet wees. Dit solank loswoel dat die trop daar kan inkom, sal baie moeite spaar.

“Kom Vellies, ons moet gat roer.” So in die gejaag en stampery vertel hy wat aangaan.

“Hier is die plek waar die bees altyd deurgaan. Ons kan hier losmaak, Scar.”

Hulle sit en rook. ‘n Stofwolk begin opslaan. Twintig minute later lig hulle die draad op en maak vas.

Hy kyk na sy selfoon en sien daar het nog ‘n boodskap gekom: *Sien jou vanmiddag so na vier, ons het baie om oor te praat. Ek bring my baaikostuum saam as dit dalk nodig mag wees.*

Verlang jou xxx

Hy wink na Vellies en hulle ry terug huis toe. “Was ‘n besige dag. Kom vat vir jou ‘n bottel wyn en gaan rus lekker.”

Dit is presies vieruur as die Kia in ‘n stofwolk stilhou. Behoedsaam stap hy nader, steek vas as die linker voordeur oopgaan en 'n stertswaaiende Zorba storm op hom af. Uitbundig dans die hond om hom rond en dit vat seker 'n goeie tien minute voordat hy in die stralende gesig van Persis kan vaskyk. "Baie dankie."

Sy storm in sy arms in en soen hom, driftig en lank.

"Hy het getreur en ek ook," bieg sy en vat sy hand. "Ons moet gesels, daar is iets fout en ek wil weet wat."

"Kom, ons gaan sit by die braaiplek." Hy maak haar gemaklik. Haal twee koue biere uit die koelkassie, maak dit oop, gee een vir haar, klink die bottels teenmekaar en gaan sit oorkant haar.

Sy lyk verbaas, maar daar is 'n hartseer trek op haar gesig en 'n vreemde lig in die pers oë. "Jy sit nie by my nie, wat is fout, Scar? Toe ek my aangetroude neefs se name noem, het jy geskrik. Selfs in die swak lig van die motor en die buiteligte, kon ek dit sien, en daar was iets soos haat in jou oë."

Hy sug. "Ek gaan met jou praat, Meisiekind. Praat – iets wat ek nooit weer wou doen nie, wat ek gesweer het ek sal nie doen nie." Die sonlig val skuins op sy gesig en sy sien die vreemde glans in die groen oë, byna onnatuurlike skittering daarin, en onwillekeurig sidder sy.

"Goed." Haar stem is hees en sag.

"Wat ek jou vertel, moet jy asseblief vir jouself hou en wat ek gaan sê, is die waarheid, ten spyte van wat die ander reeds gesê het. Reg?"

"Jy kan praat, ek luister, Jack."

“My naam is nie Jack Steiner nie, ek het dit in die tronk gekoop.” Hy som sy verhaal vinnig op. “Dit is alles in ‘n neutedop, en dit is die waarheid. En asseblief, ek sal nie my vinger teen jou lig nie, ek het nog nooit enige vrou aangerand nie.”

“Ek glo jou, ek kan enige iets van hulle verwag. Ek is bang vir hulle. Trevor het naakfoto’s van my en my oorlede suster gekry. Weet nie hoe nie. Dan het hy ook bewyse dat my sus ‘n onwettige aborsie ondergaan het. Dit sal my moeder se dood veroorsaak.”

“So, jy haat my nie?”

“Nee, maar ek sal ongelukkig wees as jy nie vir my ‘n ander bier oopmaak en ‘n lang soen gee nie.”

“Dit doen ek met graagte.” Hy maak so en gaan sit weer.

“Mag ek weet wat jou regte naam is?”

Hy draai sy rug, haal die houertjie uit sy sak, haal die groen kontaklense uit sy oë, plaas die houertjie neer en draai terug.

Persis word spierwit as die blou oë in haar pers oë brand. “Ek was in die hof destyds, jy het blonde hare gehad, sonder daardie litteken. Daardie blou oë sal ek nooit vergeet nie. Jy was my held, Otto Stegman.” Sy kom orent, kom nie eers agter dat sy haar bier omgestamp het nie. “En jy is steeds.” Haar liggaam dwingend teen hom en haar lippe is warm, eisend.

“Dit was nie ek nie,” maak hy beswaar maar sy soen hom weer.

“Ek weet dit nou en jy is steeds my held. Toe word wakker, Scar, en soen my ordentlik en dan gaan ons swem.”

Sy trek-sleep hom behoorlik swembad toe.

“Waar is jou kostuum?” Hy bly stil as sy buk, haar denim afpluk, uit dit treë, haar bloes afpluk en haar pragtige lyf in ‘n rooi bikini vertoon.

“Jy is absoluut asemrowend mooi.”

Sy smelt teen hom vas en sy soen hom hartstogtelik.

“Ek gaan gou my swembroek kry.”

“Nie nodig nie.” Haar pers oë glinster byna swart, as haar hande sy hemp van hom afskil. “Jy is so ongelooflik gebou en vol scars hier ook.” Sy staan effe tru, haar hande agter haar rug.

Hy trek sy asem sidderend in toe die rooi bostukkie op die teëls neersweef. Haar borste is mooier as wat hy gedink het, trots-ferm en die ligroos tepeltjies maak spykerpunte. Sy begelei sy gretige hande na die wagtende sfere van volmaaktheid. Sonder waarskuwing pluk sy sy kortbroek af en bevry vyf jaar se honger. Sy trek hom in die vlak kant van die swembad in. Haar hand kan sy harde begeerte skaars omvat. Hulle soen met tonge wat mekaar groet en verken. Met haar rug teen die swembad se kant druk hy teen haar vas. Hy is so verblind met kokende begeerte dat hy nie eers weet dat sy ook naak onder is nie. Met ‘n seker, vaste hand trek sy hom in satyndieptes van haar begeerte in en doen hulle ritmies die dans van Aphrodite, godin van liefde.

Na meer as ‘n uur in die water, stap hulle hand om die lyf by die swembad se trappies uit, stop na elke twee treë en soen. Teen die tyd wat hulle by die braaiplek kom, is beide aangetrek.

“Dankie, my Steenbokkie, dit was so ongelooflik. Baie dankie.” Hy maak twee biere oop, kyk na haar, sien die tepels wat spits teen die nat bloes beur en begeerte vlam weer in sy lende.

"Ek dink ek sal moet droog aantrek anders braai ons nooit nie," giggel sy, soen hom, gryp haar strandsak en hardloop die huis binne.

Jack, of is dit weer Otto, wonder hy terloops, en besluit dat Scar die beste klink, dalk lem iemand hom tog in die wang. Hy pak die doringhout en maak dit brand, sluk van sy bier terwyl hy op 'hulle' bankie wag. Hy hoor haar voetstappe, draai om en mors die bier op sy bors. Sy het 'n kort broekie, 'n geruite hempie, sandale en 'n wye glimlag aan. Haar gesig is keurig gegrimeer en die sagte pienk lipstiffie smeek om gesoen te word, wat hy dadelik doen.

"Sjoe, my asem. Was jy regtig so honger, my Scar?"

"Gee jou hand en voel."

Sy spring effens weg, beweeg vinnig agter hom in en gryp hom om die bors. "Jy wil my opeet, stadig, my hart, en ek is seker dit sal tot vanaand hou. Wat eet ons vanaand, my liefste?"

"Ek het 'n paar jaar gelede, in die sagter gister-jare, 'n pragtige paartjie ontmoet. Manie en Lore-Mari Deysel. Hy is 'n man met vele ambagte en sý 'n doktor in waterdinge. Sy't my vertel, maar dit is bokant my matriek ondervinding. Nou Manie was, of is dalk steeds, 'n toornaar met vleis, en ek het so effe afgeloer as hy 'n eenvoudige skaaprib in 'n smaaksensasie verbou."

"Klink lekker en wat het sý jou geleer?"

"Dat vriendskap kosbaar is en dat daar wel iets soos liefde tussen man en vrou bestaan. O ja, my weer leer lag en glo dat daar wel 'n tweede kans op geluk is."

"Pragtig, ek hoop jy sien hulle weer." Haar hande gly teen sy gespierde bors af, hy hou sy asem op en haar hande stuit bokant sy kortbroek se rek, hy sug teleurgesteld. "Jy moet kos maak, my Scar, en geduldig wees," wip op haar tone en soen hom in die nek.

"Jy is wreed en tog is jy reg. Nou gou rooster skoonbrand en ou Zorba loop roep. Hy kuier by Vellies se ingevoerde baster hondding."

"Hy het gehoor jy skinder van hom. Hier kom hy."

Jack hou die twee kopskuddend dop en dink daaraan dat Persis soms net soos 'n kind is. Geen pretensies nie, voluit in haar daaglikse handeling en volstoom in die liefde, rare kombinasie.

"Ek krap solank die kole eenkant."

"Hoekom eet ons so vroeg, my liefste?" Zorba lig sy kop en loer na die hoek.

"Kom maar, Vellies, en bring jou beker."

"Ek kom, Scar." Vyf minute later kom die ou aangestap, lig sy hand vir Persis. "Ek wou nie geluister het nie, net kom praat oor die bees en toe hoor ek van braai so vroeg. Hoekom, Scar?"

Hy grynslag, draai om en sy oë rek. Dis asof iets Vellies stamp, hy raak letterlik bleek en die beker val uit sy hand. Vellies gaap Scar aan, lig sy hande omhoog. "My Here, jy het hom uit die dood gehaal. Dankie, baie dankie."

Scar stap nader, so ook Persis en Zorba. "Wat de duiwel makeer jou, Vellies, is jy gesuip?"

Die man staan regop, sy oë steeds groot en verbasing, (of is dit vreugde?) oor sy gesig. "Daar is net een man met die blou bliksem in sy oge, en dit is Otto Stegman."

"O hel." Scar kyk na Persis en glimlag. "Kontaklense vergeet. Kom, sit daar op die stoel dan vertel ek jou."

Met pap bene sak Vellies neer en Persis skink vir hom 'n stywe brandewyn in die beker.

"Vellies, ek gaan eenkeer vinnig vertel en jy praat nooit weer nie, verstaan jy?"

"Scar, ek weld my bek heel moertoe." Hy het die hele verkorte weergawe woordeloos geluister en toe Jack stilbly, staan Vellies op en lig sy beker. "Moer, Wolf en Scar, ek is so bly julle is nou weer een." Die ander twee volg sy voorbeeld.

"Op Wolf."

"Op ek en my eie ander ek. Natuurlik op julle twee ook."

"Ek het wyn by myse kaia en 'n halfmug Xhosa sjerrie, ek wil gaan loop, maar net een ding verkommer my, Scar."

"Laat waai, ou Vellies."

"Wat van Hardus, wat ander naam en van gevat het? Ook dink hy jy is dood in die tjoekie?"

"Ja, as ek net 'n week of wat langer gewag het, was daar geen probleme nie. Maar ek sal my kontak bel, glo hy sal my weer 'lewendig' kan kry en natuurlik 'n lot geld daarvoor vra. Maar anders bly Otto Wolfgang Stegman dood."

"Dit klink vreeslik, maar ek is so bly jy lewe, Otto, Wolf of Scar solank jy net nie weer weg gaan nie."

Haar selfoon lui, sy kyk daarna en trek ‘n suur gesig, “Ek sal moet antwoord,” en loop weg. Daar is ‘n skerp uitroep en sy storm terug, gesig bleek en verskrik.

Jack storm haar tegemoet en gryp haar vas. “Wat’s fout, lyk asof jy ‘n spook gesien het?”

“Erger, sit dadelik jou kontaklense terug. Nou!”

Hy maak so en Vellies laat val weer sy beker, gelukkig is dit leeg.

“Wat’s verkeerd?”

“Belowe my jy sal jou inhou? Trevor en Talana is hierheen op pad.”

“Ontspan die boude en kom soen my.”

Die wit Mercedes 350 hou by die hekkie stil, Jack keer Persis as sy wil opstaan en praat uit die hoek van sy mond. “Weet hulle dat jy in kennis gestel is van hulle aankoms?”

“Nee, ou Jan my nou gebel. Gaan jy nie hek toe nie?”

“Nee, maar Zorba gaan.” Hy tik die hond liggies met sy skoen. “Gaan groet, ou Zorrie.” Die hond draf op sy gemak nader, maar die nekhare staan orent en die twee klim haastig terug in die motor.

Die man druk twee keer op die toeter. Jack keer Persis. “Wag, ek wil sien wat maak die seuntjie.”

Weer twee langer toeters en dan lui Persis se selfoon.

“O, dit is jy Trevor. Ons sit op die stoep. Hoe moet ek weet dit is jy, wag, ek kom.”

Voor sy die verbinding kan verbreek, praat Jack hard en duidelik sodat die ander party kan hoor. “Wie is dit Persis? En jy bly sit, wie ook al ongenooid hier opdaag, kan self hierna toe kom." Hy knipoog en sy verbreek die verbinding.

Hy fluit vir Zorba wat omdraai en by hulle kom sit.

Die ongenooide gaste kom hand aan hand nadergestap en naby die bankie steek hulle vas. "Wat gaan met jou aan Persis, groet jy nie jou neef nie en wie is dié vent?"

"Hey oliekop, jy kom vent my nie hier soos jy wil nie, jy is nie genooi nie. So praat jou praat of ek sit die hond op jou."

"Weet jy wie is ek?"

Jack lig sy wenkbroue en haal sy skouer argeloos op.

"Ek is Trevor Doyle en dit my vrou, prokureur Talana."

"Hmm, ek ken nie. ... En weet jy, Mevrou, jy is die enigste vrou wat ek nog ooit ontmoet het met die naam Prokureur, maar welkom Prokkie. Waarmee kan ek julle help?"

"Trevor wil iets met Persis bespreek, maar voor dít, moet ek net eers iets uitklaar. Ek is die prokureur belas met die eienaar, meneer Hardin Handford, se trust en jy het absoluut geen reg hier nie."

"Wag, ek bel net gou my prokureur, jy kan maar sit, Prokkie, en daai ventjie by jou ook. Terloops, ek is Jack Steiner, indien jy belangstel om te weet." Langs hom lyk dit asof Persis wil huil en hy druk haar hand.

Sy kyk na Jack. "Trevor is nie net my neef nie, hy is ook die eienaar van Panorama."

"Is hy die eienaar? Dan is dit goed. Doyle, jy moet fondse beskikbaar stel of 'n kontrakteur kry, jou

Drakensbergers breek die grensdraad en vreet my weiding af."

"Jy! Jy's Steiner? Ek het gehoor jy is ook 'n jailbird, Steiner. Staan op dat ek jou kan wys."

Jack vlieg op en Doyle gaan sit met 'n spierwit gesig. "Ook maar goed hier is dames, anders het ek jou ..."

"Gewat, Doilie, wat?"

"Asseblief, meneer Steiner, wie het u die reg gegee om hier te kom bly en met die boerdery aan te gaan? U sal die plek dadelik moet verlaat of ek bel die polisie."

"Het jy hulle nommer? Bel, Prokkie, ek wag."

"Maak so, my skat, en hulle moet sommer sy goed laai."

"Stadig, Talana en jy ook Trevor. Jack het die volste reg om hier te wees. Kaptein Willemse weet dit en ek glo hy sal julle alles kan vertel. Wil julle nie iets drink nie? Hier's bier en brandewyn."

"Voor ek bel, mag ek weet wie is jou prokureur, meneer Steiner?"

Persis knyp sy been liggies en praat dan. "Is 'n sy, Talana."

Doyle snork en begin lag.

"Is doktor Grace Selepe," vervolg sy.

Doyle se lag droog op en hy raak aan die hoes. Talana word bloedrooi en staan op.

"Dan vra ek om verskoning, meneer Steiner, sal u ons verskoon, en jy ook Persis? Baie jammer oor die misverstand."

"Nee, sit, Prokkie, ek wil by jou mannetjie hoor wat van die drade en vinnig ook."

"Persis moet net die rekening vir my per epos stuur en ek betaal dadelik. Ek belowe. Totsiens."

Persis knyp hom weer liggies. "Jy wou my spreek, Trevor, ek is seker Jack sal nie omgee as ons besigheid praat nie?"

"Natuurlik nie. Wil julle huis toe gaan of moet ek loop?"

"Kan ons jou studeerkamer of eetkamer gebruik, asseblief?"

"Prokkie, ek bly nie in die huis nie, trouens ek was nog nie eers in die huis nie, maar ek is seker ou Vellies het 'n sleutel. Jy ken die huis, Persis?"

"Ek ken dit en ek dink dit is oop. Ons kan in die eetkamer gaan sit."

Doyle staan op, maar gaan sit haastig as hy in die laatmiddagson Jack se gesig duidelik kan sien en ook die litteken.

Persis staan op, buk af en soen Jack op sy wang, fluister by sy oor: "Jy is blerrie stout en ek is mal oor jou."

Hy kyk hulle agterna, vat 'n bier, loop na die bamboesbosse toe en dit is hier waar Vellies hom kry.

"Wat maak jy, Scar? Ek sien daai windgat wou jou try en toe jy opstaan, toe val hy terug. Waar's hulle nou?"

"In die huis, by die eetkamer. Ek wil hê jy moet vir Persis sê ek gaan nou-nou terug wees. Daai twee moet klaarmaak en fokkof." Hy loop verder in die krale se rigting en Vellies stap haastig huis toe.

Dit is sterk skemer toe die Benz by die motorhek uitry en dan om die draai verdwyn. Jack stap terug en kry Persis by die braaiplek sit, dit is duidelik dat sy gehuil het. Hy kug liggies. Sy vlieg op, val hom om die nek en huil. Hy gaan sit; met háár op sy skoot en haar kop teen sy bors, laat hy haar uithuil.

"Skuus," sy snuif in die sakdoek wat hy haar aanbied. "Ek is laf en verspot."

"Nee, jy is nie, praat, asseblief."

"Hy het 'n hofbevel gekry, ek moet die plaas ontruim en wat ek belê het, sal aan my uitbetaal word. Hy het my 'n goeie offer gemaak vir my deeltjie van die plaas en ek het dit aanvaar."

"Nou hoekom huil jy?"

"Ek het altyd gedink ek sal hom uitkoop en nie anders om nie. Ek het lief vir die plaas geword," sy kyk hom vas in die oë, "en vir jou."

"My meisie, ek is geëerd, en jy is ook diep in my hart."

"Dankie, maar nie só diep om saam met my weg te gaan nie, ek bedoel ná jou seun teruggekeer het. Toemaar, ek verstaan en al wat ek vra, terwyl ek hier is, wees net lief vir my?"

"Dit sal maklik wees, baie ook en lekker. Hoekom het hy jou skielik uitgekoop?"

"Hy het die stuk grond tot teen die rivier gekoop. Hy en Talana en 'n paar van sy eks-skoonfamilie gaan 'n vakansie-oord en wildplaas hier begin. Maar dit is Claudine, Terry en jou seun wat die gronde gaan behartig. Soos jy weet, verval die trust sodra Hardin vyf-en-twintig is, en kom hy hierheen. Gaan met druiwe boer. Hy het glo baie geleer terwyl hy daar in Frankryk was."

"Ek sien."

“Claudine gaan blykbaar die vakansie-oord behartig. Ek weet nie waar het hy die ongelooflike klomp geld gekry nie, maar hy het die meeste van die Handfords se grond ook uitgekoop.”

“Ja, Hardus word oor twee jaar vyf-en-twintig. Ek sal Grace laat weet van die nuwe verwikkelinge. Sy moet haar mag gebruik en die bepalings op die testament en die Trust-opheffing eerder nou doen, ek sien nie kans om langs die mense te boer nie.”

“Goed, kom ons braai en dan vat jy my sewende hemel toe, asseblief.”

* * * * * * * * * *

Hardin staar Trevor verbaas aan. “Dit is goeie nuus, maar hoe is dit moontlik en waar kom die skielike vrystelling van die trust en testamentbepalings vandaan?”

“Volgens Grace Selepe, is daar so ’n klousule aangebring dat indien jy ná die ouderdom van een-en-twintig selfonderhoudend is en geen misdaadrekord het nie, dan kan die voorwaardes opgehef word.”

“Dit is super! Nou kan ons alles regkry en onderteken.”

“Jy sal eers van daardie gemors op die plaas moet ontslae raak, daardie misdadiger.”

“Dalk kan ‘n hofbevel of die polisie help.” Hardin bly stil en wys na die grondpad. “Praat van die duiwel en trap op sy stert, lyk soos ‘n polisievoertuig en nog ‘n ander motor.”

Dit is toe wel ‘n polisieoffisier en ‘n man in siviele klere wat uit die twee motors klim. “Ek is prokureur

Chris Cilliers en dit is kaptein Botters. Ons is van Kroonstad en wil meneer Hardin Handford graag sien?"

"Ek is Hardin Handford, hoe kan ek help?" Hulle gee hand en die twee vreemdelinge is duidelik beïndruk toe Trevor voorgestel word.

"Ons het 'n amptelike hofbevel waarin jy, meneer Handford, die plaas, Riviersig, wettiglik in ontvangs mag neem. Hier is die inventaris en ek sal bly wees as u dit saam met ons kan deurgaan en teken."

"Dit klink goed, ek sal sommer saam met meneer Doyle ry en julle volg."

"Dan sal u 'n ander tyd moet inruim sodat ek aan u 'n dokument kan oorhandig om privaat te lees."

Doyle lyk verbaas, bloos dan en knik sy kop. "Gaan saam met meneer Cilliers en laat weet my as julle klaar is, dan laai ek jou daar op." Hy draai om en stap weg.

Hardin klim saam met Cilliers in sy voertuig en hulle vertrek. Die polisievoertuig volg.

"Langs jou is 'n bruin koevert met jou naam op, maak dit solank oop en lees. As jy sukkel om in die ry te lees dan sal ons stilhou en jou kans gee om dit noukeurig deur te gaan."

"Dankie." Hy neem die koevert en lig sy wenkbroue. "Die naam hierop is Hardus Stegman, ek is nou Hardin Handford."

"In die sentrale register te Pretoria, sal alles in jou oorspronklike naam geregistreer wees. Maar lees gerus, ek kan stilhou as jy dit verkies."

Hardin skeur die koevert oop, sien die handgeskrewe dokumente, voel hoe die bloed sy gesig verlaat. "Dink ek beter dit op die plaas lees."

Cilliers parkeer in die skadu van die kareebome, klim uit en wys na die handgemaakte tafel en bankies. "Sit daar en lees gerus. Kom, Kaptein, ons gaan sit daar anderkant en rook."

Hardin sluit sy oë vir 'n stonde, vat die boonste papier en die bekende handskrif skreeu tot in sy siel.

Yes, laitie,

Ek wil net sê, wat jy lees is die waarheid en niks anders nie. Ek sou dit graag vir jou persoonlik wou vertel en die kaart en transport van jou eie plaas self vir jou wou gee. Jou ook vertel dat ek onskuldig was en steeds is. Ek het nie daai James Drolkop vrekgemaak nie, sal nooit my hande so besmeer nie. Jy het my nie kans gegee om my kant van die storie te vertel nie. Daarom doen ek dit nou, skeur of verbrand die brief net soos jy wil en onthou net, ek was nooit skuldig nie. ...

... wat jy gelees het, is die waarheid en die volle waarheid. Onthou dit.

Jy het nou die naam Hardin Handford en gaan seker met Cathy trou. Wees gelukkig en wees versigtig.

Jy het nou 'n nuwe naam en 'n nuwe lewe, so het ek ook. Wie ek nou is en waar ek is, sal jy nooit weet nie.

Leef jou lewe en wees gelukkig my seun.

Lief jou rondom-stukkend baie.

Pa. XXX

Verslae laat Hardin die laaste dokument uit sy hand fladder, tel dit weer op en kyk na die datum. Die brief is 'n week gelede geskryf; dieselfde dag toe die Trust en die testamentbepalings opgehef is.

Hardin Handford kyk na die kareeboom se blare, hy word weer Hardus Stegman en dan huil hy soos 'n klein, bang seuntjie.

Hoofstuk 9

Dit is skemer en Jack steek 'n sigaret aan. Dit is nou al die vyfde aand sedert hy hier op Kidds Beach aangekom het. Hy kyk na die sproei van die branders as die see sy krag op die sand uitspoeg en hy dink aan Persis. Dink hoe vinnig en kort die geluk en romanse was. Alles het verander daardie dag toe hulle die eiendomsagentskap binnestap en Persis die prinsipaal sien. Of miskien, toe hy háár herken; van sy mislukte huwelik vergeet en van hulle studenteliefde onthou. Môre is die huis hare; en hy gaan nog 'n aand alleen binne. Sy nuwe, ou Series 111 Land Rover staan reeds gepak in die motorhuis van die gastehuis en oor sowat twee ure eet hy die totsiens-ete saam met Persis en Andy Styliano. Hy draai die prop af en lig die Castle bier. "Vaarwel, Geluk, amper het jy by my afgesaal."

"Is jy seker jy wil nie nog 'n paar dae hier kuier nie, Jack?" Styliano stoot die leë bord weg en vat Persis se hand.

"Asseblief, Jack, dit is die minste wat ek, ons kan doen, en jou kuier is op die huis?" Daar is 'n vreemde trek op Persis se gesig en voor hy kan antwoord, merk hy die angstige uitdrukking in Andy se oë.

"Dankie, maar nee dankie." Hy verberg sy glimlag met die hand as hy die verligting in beide se oë sien.

"Die toekoms wag en so ook my dubbelbed. Baie dankie, die hoender was puik gebraai en die slaai net reg. Hierdie sal ook sommer 'n totsiens wees. Baie dankie vir alles, Persis, en ek hoop die geluk bly vir altyd op jou skouers." Hy soen haar op die wang, merk die trek op Styliano se gesig.

"Mooi ry en baie dankie wat jy vir my liefling gedoen het." Andy wend nie 'n poging aan om sy hand uit te steek nie, en die woede klim op Jack se tong.

Hy loop so 'n ent op met die paadjie, draai om en kyk stip na die ander man. "Jy weet, Andy, Persis is 'n goeie vrou en ek wil nie hê dat sy onnodig seerkry nie."

Selfs in die swak lig by die voordeur, is die woede op Andy se gesig sigbaar en hy treë vorentoe.

"Jy speel met vuur, gladde mannetjie, ek was vyf jaar in die tronk, hulle sê ek het 'n man vermoor. Maak dit aan jou saak, Persis?"

"Nee! Dit het nooit nie, maar nou is Andy terug in my lewe en ons kan voortgaan waar ons opgehou het."

Andy wil iets sê, maar Jack hou sy hand op, kyk na Persis. "Kan ek jou iets vra en jy kan net knik, asseblief?"

"Goed so," sy lyk bekommerd en kyk senuweeagtig na die rotstuin.

"Hý het jou gelos en 'n ryk vrou getrou en nou het sy hom weer laat staan?"

Sy knik. Andy probeer haar hand vat, maar sy ruk los.

"Jy het die huis gekoop, kontant neergesit en nadat die kwitansie uitgeskryf is, is meneer die prinsipaal skielik van voor af verlief op jou?"

Weer knik sy.

"Jy het my nommer, ek groet my laaste groet. Maar as piepietol jou leeggesuip het, bel maar, dalk kan ek help. Vaarwel, Persis Lombard, en mag jy gelukkig wees."

Sy roep iets, maar hy draai om en loop weg.

Vyftien minute later druk hy die Land Rover se neus in Bloemfontein se koers en hy dink aan Ursula. "Sal ek jou ooit weer sien, my droom, of het leuens ons geluksbootjie gekelder voordat dit te water gelaat is? Sal daar ooit 'n weersiens wees?"

Op Harrismith neem hy brandstof in. Sien 'n advertensie teen die kafeteria se venster, neem 'n foto en ry verder, maar hierdie keer net tot voor Ladismith.

Die plaaspad is in 'n treurige toestand, maar die drade puik. Twee basterbrakke storm keffend na die hekkie waar hy onder 'n koelteboom stilhou en uitklim.

Sy oë gly oor die rondawelagtige huis, die grasdak is effens verweerd en die tuin verwaarloos. Die deur kraak oop. Die eerste ding wat uitsteek, is die dubbelloop van 'n haelgeweer en dan kom die persoon te voorskyn. Sy kan enige iets van sestig- tot tagtig-jaar oud wees. Die ou, geruite manshemp en denimlangbroek is verbleik en effens te groot. Haar gesig is half verberg onder 'n ou slaprandhoed en die enigste wat nie oud lyk nie, is die dubbelloop haelgeweer.

"Wat soek jy?" Haar Engels is swaar en duidelik is dit nie haar moedertaal nie.

"My naam is Jack Steiner. Ek het die advertensie op die kafee se venster gesien, en hier is ek."

Sy antwoord hom in Afrikaans, dié is heelwat beter as haar Engels. "Hoekom het jy nie gebel nie, daar is 'n selnommer op die plakkaat?"

"Ek weet, maar ek hou daarvan om oogkontak te maak met die persoon waarmee ek praat."

Die geweer se lope sak en 'n glimlag skeur die stroewe lyne om haar mond.

"Kom in, Jack, kom ons sit op die stoep."

Hy volg haar, en die twee brakke hóm. Hy trek die maasdraadstoel vir haar uit, wag totdat sy gemaklik is.

"Dankie, Jack, deesdae se mans is net hoflik as hulle geld kom bedel, of die dame mooi en jonk is. Die brakkies het jou sommer so aangeneem, gewoonlik is dit broeke skeur of hakke hap. Wil jy koffie drink of wil jy oor die werk praat?"

"Koffie ná die praat ... Tante?"

"Skuus, ek is Ria Jones, was met 'n Engelsman getroud, maar hy rus lankal. Goed, die werk, ken jy van plaaswerk?"

"Self geboer, maar die egskeiding, die droogte en die noodlot het my uitgeskop."

"Alle plaaswerk?"

"Behalwe hoenders of blomme ja, vee die beste, veral perde."

"Kom, ek gaan wys jou die woonstel, of woondawel as jy so voel, dit klink beter."

Hy volg haar, die honde volg hulle en die rondawel ontvang hulle met ‘n oop deur. Dit is netjies en skoon; het ‘n slaapkamer, sit/woonkamer, kombuis en badkamer met alle geriewe.

“Kan ek maar my goed aflaai, tannie Ria?”

Sy gaap hom verbaas aan en knik haar kop. “Jy praat nie oor salaris en so nie?”

“Ek hou van Thornhill, die rondawel en van jou, geld kan kom soos hy wil.”

Weer glimlag sy, steek haar hand uit. Hy druk dit ferm terug. Sy wip op die punte van haar Bronx stewels en soen hom op die wang. “Trek die Rover om, ek maak die hek oop.”

Aan die eenvoud van die geboue gemeet, is daar meer perde en Beefmaster beeste as wat hy te wagte was. Daar is een ou Zoeloe arbeider, Sam en sy vrou Maria, op die plaas. Sam bly op ‘n verouderde wyse met die diere besig en Maria in die huis.

Die eerste dag in die veld, toe weet Jack dat hy tuis gekom het.

Hy en die ouer vrou maak beurte om naweke te braai, dan by haar en dan by sy braaiplek. Sondagmiddae kook sy en na ete gaan rus sy. Hy vat ‘n perd, elke Sondag ‘n ander een, en gaan ry die bergkant se drade deur.

So om die braaivleisvuur vertel Ria die saga van haar lewe saam met Harry, die Engelsman, wat deur sy familie afgeskryf is toe hy met haar, ‘n boeremeisie, getroud is. Daar was geen kinders nie, maar daar was liefde en vrede.

* * * * * * * * * *

Dit is ses maande later, en die laaste Saterdag van Maart as Jack die vuur aansteek. Hy ken Ria se tyd, so haar koue Amstel wag in die ysbak. Terwyl sy naderkom, sien hy onmiddellik dat daar iets fout is. Gewoonlik trek hy haar stoel uit en wag totdat sy gemaklik sit voordat hy haar bier oopmaak, in die blikbeker skink en aangee. Maar hierdie keer val sy behoorlik in die stoel en kyk met 'n vreemde blik in haar oë na hom.

'n Snaakse voorgevoel kom nestel in sy hart en hy wonder of dit die einde is. "Wat's fout, my nuwe moeder, moenie dit wegpraat nie, gooi oop jou kaarte, asseblief?"

"Jy weet, my seun, ek het amper omgeval toe my aangetroude niggie my uit die bloute bel en gesels. Baie gesels en dit het my oë oopgemaak, baie ook. Skielik is my gewese skoonfamilie ook mense, normale mense en sy het selfs in Afrikaans met my gepraat."

"Dit klink goed, vertrou jy dit? Hoe is dit dat hulle, of sy, skielik ons taal praat?"

"Ek het daai ding vir myself gevra, voordat ek dit aan haar gestel het. Lyk my daar is 'n rot in die skatkamer en haar hart is seer. Haar dogter is dié jaar getroud, skynbaar ook 'n Afrikaanse knaap, maar dis net Engels praat dáár. Haar pa en sy nuwe vrou, het glo alles verkoop en bly nou in Margate se koers. Sy moes help by haar dogter en dié se man om 'n vakansieplaas te bestuur, maar die ander vennoot het haar lewe versuur. Sy't my tot vertel dat hulle valse trots 'n man onskuldig in die tronk laat beland het; en toe die waarheid uitkom, was dit te laat, hy het in 'n donnerse tronksel gesterf. My niggie bly nou op 'n klein dorpie in die Kalahari, genaamd Olifantshoek."

Meteens is daar 'n koue onrustigheid in sy binneste en hy weet sy voorgevoel is korrek. "Dit is super, Moeder, en ek is bly. Dit het my laat dink ek moet my gordyn ooptrek en 'n stukkie van my gister vir jou wys."

"Ek is so bly. As dit te seermaak, kan dit oorstaan, maar ek sal bly wees om te hoor."

"Ek gaan die name eers uitlos en die storie verkort. Dit het alles begin toe my vrou ..." Hy vertel 'n baie kernagtige weergawe, sluit af, "en nou is ek hier, gelukkig op Thornhill by my nuwe moeder. Moenie meer huil nie, asseblief."

"Ek moet, my seun, ek moet. Ek het lankal die seer in jou oë gesien, maar ek was te bang om te vra. Kom, gee my 'n drukkie. Dankie, en net een vraag, is jy regtig Jack Steiner?"

"Nee, ek is nie, en ek is jammer daaroor. Daardie familie van jou man, is hulle van dalk Handford?"

Sy gaap hom behoorlik aan en knik haar kop. "Ja, dit is. Ken jy hulle?"

"Ek wil jou eers 'n vraag vra: weet jy wie die man is wat onskuldig gesterf het, van wie jou niggie gepraat het?"

"Ja. Dit is in my geheue ingebrand, ek het hom die dag in die hof gesien. Die seer in daardie potblou oë van hom, oë wat tot in elke siel in gebrand het. Ja, ek sal Otto Stegman nooit kan vergeet nie, en ook nie daardie Doyle wat so in die hof gelieg het nie. Maar geld is 'n magtige wapen in ons nuwe land."

Die son sak vinnig, maar dit is lig genoeg dat hy elke lyntjie in haar dierbare gesig kan sien en ook die treurigheid in die bruin van haar oë.

Hy draai om, haal die kontaklense uit sy oë en draai om. "Ek is Otto Wolfgang Stegman en ek leef. Jammer ek moes lieg oor my naam, my moedertjie."

Sy val in sy arms en huil hard, met haar lyfie in sy arms gaan sit hy op die boomstomp. Paai en troos haar soos 'n klein kindjie.

* * * * * * * * * *

Dit is meer as ses maande later wat Jack die oggend opstaan, aantrek en die ketel aansit. Oudergewoonte stap hy uit en gaan staan buite, bekyk die berg en luister na die voëls se gesang. Eerste wat hom tref, is die lig in moeder Ria se kamer en hy frons. Hoekom sou dit so vroeg brand? Dalk is sy badkamer toe. Die ketel raas en hy maak gou sy beker koffie. Stap weer uit en steeds brand haar lig. Beker in die hand stap hy na die verligte venster. Tik liggies aan die ruit en praat sag. "Is alles reg?"

Byna onmiddellik gaan die gordyn oop, met 'n glimlaggende gesig loer sy na buite. "Natuurlik, kom, ek kry jou in die kombuis, ek het groot nuus om jou te vertel." Die gordyn val toe en hy stap agterdeur toe.

Dit gaan dadelik oop en sy sleep hom byna binne. "Sit op jou ou plek, en luister mooi."

Fronsend staar hy na haar, sy oë rek as sy die yskas oopmaak, iets uithaal en sy praat oor haar skouer. "Kry vir ons twee skoon blikbekers."

Verbaas doen hy wat sy beveel, dan staar hy haar byna geskok aan, want sy sit 'n bottel JC Le Roux sjampanje op die tafel neer en knik haar kop.

"Maak jou mond toe, maak bottel oop en maak die bekers vol."

Steeds verward voer hy haar instruksies uit.

Sy gaan sit regoor hom. Lig haar beker en tik dit teen syne. "Op jóú, 'oupa', en baie geluk!"

Die beker bewe in sy hand en hy gaap haar aan. "Oupa! Is ek .. is ek ... het Hardus ... het hulle 'n ...?"

"Ja, 'n fris en gesonde seuntjie, kan nie onthou hoeveel kilo's nie, en net betyds gebore ook ... baie geluk met jou verjaarsdag vandag, Boetman."

Steeds in 'n dwaal onthou hy dat dit vandag sy verjaarsdag is en grynslag verleë. "Dankie, maar hoe weet jy dit?"

"Ursula het my gebel en vertel."

Die naam ruk deur hom, en sy gedagtes skiet terug na soveel jare gelede, toe hy haar en Hardus laaste gesien het. Dan onthou hy die lang jare sonder sy seun en sy geliefde. Kom orent, sit die beker so hard neer, dat die sjampanje op die tafel spat.

"Ek moet nou gaan, daar is 'n merrie wat moet vul en ek wil nog lek by die boonste beeskamp gaan uitsit." Hy vat sy hoed, soen haar op die wang, loop en by die deur praat hy. "Moenie getrek raak nie, Moeder. Ek sit die Yale se slot aan en onthou om vir Maria oop te sluit. Ek het padkos in die koelsak gesit.

Ek gaan laat terug wees, ek en Sam moet nog die waterkrippe skoonmaak ook."

Ria kan nie antwoord nie, want sy huil te veel en in haar hande koggel die bruisende vloeistof haar. Sy klap die beker van die tafel en gooi die sjampanje in die wasbak uit. "Ek verstaan, my seun, ek verstaan, en ek weet hoe seer dit moet wees. Gaan na die watervalletjie en maak leeg. Maak leeg daardie hartseer-en verlangdam, huil en kom terug, alles sal nog uitwerk. Glo en vertrou net." Sy vat haar hande saam, sluit die oë en bid, lank en vurig: "O grote Vader, help hom asseblief, help hom."

Sy staan op en loop na haar kantoor. Voel hoe die vretende pyn in haar buik opvlam, maar werskaf verder met dokumente op die lessenaar.

Na nege bel sy haar prokureur, ene Louis Naude, en vertel hom wat sy verlang en onderneem om so na middagete daar te wees. Sam, wat net gou huis toe gekom het om iets te kry, word nadergeroep. Sy beduie wat hy moet doen en dan klim sy en Maria in die VW Caddy en ry Harrismith toe.

Haar eerste stop is om Maria by haar dogter af te laai, dan ry sy prokureur toe.

Die jong Louis Naude ontvang haar vriendelik en sy verduidelik alles en dan speel sy die opname van haar jarelange vriendin en geneesheer, dokter Douwlina du Plessis van Bloemfontein vir hom.

"Aai, Tannie, ek ken dokter Douwlina en weet sy sal nie so iets sê as sy nie honderd persent seker is nie. Weet Jack, of liewers Otto hiervan?"

"Nee, niks nie, en so sal ons dit hou. Kom ons praat nou oor die testament. Jy weet al jou studieskuld is reeds afgeskryf en jy en Lara kry die woonstelle op Margate en die twee woonhuise hier. Ook die een polis wat aan jou uitbetaal wat julle kinders se universiteitsonkostes sal dra."

"Ja, maar hoekom so bang, my tante?"

"Want julle het voor my grootgeword, jou oorlede pa was eers my en oorlede Harry se huisvriend. Ek vertrou jou en weet dat dit so sal gebeur. Nou groet ek, my boetie." Sy huil nou en Louis Naude probeer haar nie troos nie, want hulle huil inmekaar se arms.

* * * * * * * * * *

Die volgende drie maande snel verby, Jack verbeter die vee-hanteringskrale en hulle vergroot die perdestalle. "Nkosi, wat is dit met onse oumatjie, ek sien die ogies is nie meer so blink nie en die lyf maak sekel?" Sam staan langs die drukgang en drup die Deadline op die jong Beefmaster verse se rûe.

"Ek het daardie ding gesien en dit maak my bekommerd, ou Sam. Wag, ek sal klaarmaak met die laaste verse, ek sien Maria waai erg daar van die huis se kant af. Hardloop jy gou en gaan hoor wat is fout."

Hy jaag deur die oorblywende ses verse, maak oop en as hulle uit is, sien hy Sam wat van die huis af, hoed in die lug staan en skreeu. Vrees gee hom vlerke en vyf minute later buig hy oor tannie Ria se bed. Sy is geelbleek en sweet bars oor haar voorkop uit. Maria vee dit met 'n waslap af.

"Moeder, Moeder, praat met my?"

"Onse die dokter klaar gephone, hy kom saam ambulans." Maria se gesig is bleek en daar is bekommernis in die bruin oë.

Ria se oë fladder moeisaam oop, haar hand bewe in sy linkerhand as hy vooroor leun. "My seun ... baie dankie vir jou liefde hierdie jaar. Ek was so gelukkig en is so lief vir jou. Dit is my tyd, Harry wag vir my, en ek moet klaarmaak. Nee, moenie my keer nie, ek wil jou 'n laaste guns vra, asseblief, my enigste seun."

"Praat my moeder en daar sal nog baie gunste wees. Ek hoor die ambulans se sirene, byt vas en hulle help jou nou-nou."

"Nee! Dit is te laat en jy moet my belowe, asseblief?"

"Wat, Moeder?"

"Belowe jy sal die haat laat staan en as jou seun jou wil sien, doen dit. Asseblief?"

"Ek sal, Moeder, ek beloof jou,"

"Gaan terug na Ursula toe, sy is lief vir jou, asseblief, my seun?"

"Sy dink ek is dood moeder, hoe kan ek ter . ." sy stem droog weg as haar oë glaserig word en die asem verstil. Met bewende vingers druk hy die ooglede toe. Trane drup op die stil, koue gesig van die vrou wat vir hom 'n moeder geword het. Hy kom orent, raak haar koue wang met sy linkerhand aan, buig dan en soen die natgeswete gesig. "Slaap sag, my nuwe en enigste moeder. Ek sal daar wees as Hardus my nodig het. Altyd ook, ten spyte van alles wat gebeur het." Hy draai om as die dokter instorm, hy knik net en stap na buite.

"Het onse oumatjie mooi gegaan, Jackman?"

"Sy het, Oudste, sag, maar die kanker het die lyfie binnekant gevreet. Hoekom was dit nodig dat sy so moes gaan? Hel, ou Sam, vir net meer as 'n jaar kry ek weer 'n moeder en nou is sy weg."

Sam steier weg as hy die woede in die blou oë sien en hy wonder hoe kan iemand se oë groen wees en dan sommer soos blou weerlig. "Sjee, Nkosi, stadig, is mos die wil van onse Liebe Heer," maar hy swyg toe Jack na hom kyk.

Sy stem klap soos 'n sweep se voorslag. "Hoekom, Sam! Vertel my hoekom? Wat de fok het ek verkeerd gedoen? Gaan sit oor ander skelm se kak vir vyf jaar in die donnerse tronk. Vir wat? Mag ek dan nooit iets hê nie? Nee!" Hy draai om en draf byna na die stoor toe.

Vyftien minute later galop die sweetvos in die rigting van die waterval en Sam sak op sy knieë en bid 'n smeekgebed. 'n Gebed in sy eie taal vir 'n gebroke man, 'n stukkende man.

* * * * * * * * * *

"Louis, ek kan dit nie aanvaar nie, dit is te veel." Jack sit in Louis Naude se kantoor wat pas die testament hardop gelees het.

"Otto," hy sien die skok in die ander man se gesig, "ek weet dit geruime tyd al, nog voordat sy dit vir my moes sê."

"Hoekom moes sy dit sê?"

"Juis vir die testament, my vriend, en jy moet dit besef dat sy lief was vir jou. So lief as haar eie kind en sy het nie maklik lief geraak nie. So, jy sal haar laaste wil moet aanvaar. Thornhill en alles daarop is joune, asook die lewenspolisse wat sy uitgeneem het, vier maande voordat sy met aggressiewe kanker gediagnoseer is. Ek het reeds vir Sam en Maria die testament gelees, daardie tyd toe jy in die berg was. Jy wou nog iets vra, my vriend?"

"Moet ek 'n draer wees en op watter naam het jy my daar?"

"Jack Steiner natuurlik, maar ek dink jy moet my vrou, Doris, privaat gaan spreek."

"Wat moet ek daar gaan maak? Ek hou nie daarvan om alleen by 'n ander man se vrou te wees nie."

Louis lag en knik sy kop. "Ek sal saamgaan, maar jy sal moet wag, ek het nog iemand om te woord te staan. So halfuur, gaan jy in die wagkamer wag of by Doris?

"Ek wag vir jou in jou wagkamer, maar hoekom moet ek haar sien?"

"Want daai litteken is besig om los te kom, het jy gom om dit vas te plak?"

"Hel, dankie vir die waarskuwing, ek dink my gom is te oud. Sal jou vrou kan help en stilbly daaroor?"

"Sy het die skoonheidsalon langs my kantoor, sy sal en sy kan stilbly. Ons was baie lief vir tannie Ria en ek dink Doris was vir haar soos 'n dogter."

"Dankie, weet sy van my en my naam?"

"Ja, sy is ook in tannie Ria se testament benoem, so, sy weet. Maar die klokkie lui en my volgende kliënt wag, kry jou in die wagkamer."

"Ek dink die litteken sal beter en langer klou en jou haarstyl pas ook nou beter." Doris staan effens terug en bekyk hom.

Louis skud sy kop. "Hel, my vriend, dit lyk spanne beter en die litteken lyk ook goed."

"Baie dankie, Doris, en jy, Louis, ek waardeer dit. Julle nie lus vir 'n uiteet nie, ek skuld julle."

"Eet jy skaapafval en rys?" Doris is so in haar middel veertigs, 'n pragtige vrou met 'n slanke lyf en blonde hare.

"Ek lief dit, maar sal die rys ruil vir brood of pap."

"Daar is beide, kom, ry agter ons aan."

Hoofstuk 10

Daar is min mense in die kerk toe die draers inkom: Louis, Jack, Sam en drie onbekende mans. Die diens is kort en kragtig. Buite wag Jack nie vir enigiemand nie, maar stap na die VW Caddy waar Sam en Maria reeds wag. Hulle vertrek na die begraafplaas.

Kop onderstebo dra Jack links voor en so bly hy staan, te bang om die ander begrafnisgangers in die oë te kyk.

"Stof was jy en tot stof sal jy terugkeer."

Hy staal homself, kyk op, die beeldskone gesig is hartseer vertrek, stadig haal sy haar donkerbril af en vir die eerste keer is amper nege jaar kyk hy in die persblou oë van Ursula.

Sy staar hom onpersoonlik aan. Hy kyk na die trane op haar wang, en vee sy eie af. Die donkerbril val uit haar hand en met 'n doodsbleek gesig staar Ursula na sy regterhand.

Jack se hartklop versnel toe die besef tot hom deurdring dat sy weet. Dit is in daardie vlietende sekonde asof tyd stilstaan.

Hy sien die twyfel in haar oë, en hy weet dit is omdat sy kontaklense syne groen maak.

Doelbewus draai hy sy gesig sodat sy die litteken kan sien. Die lig in die persblou kykers lyk verward en dan verbreek sy oogkontak. Jack breek weg van die mense, gaan staan by die Land Rover, waar Sam en Maria by hom aansluit.

Sam kyk hom skuinsweg, maar ondersoekend aan en reageer as Jack se wenkbroue vraend lig. "Daardie mooi vrou met die steenkoolhare, sy like jou of almiskie sy ken jou?"

"Kan wees, ou Sam, maar ek weet nie so mooi nie. Ons mans vergeet nie sommer 'n mooi vrou nie."

"Daai ding is so ..." hy aarsel en kyk om hulle rond, maar die drietal is nog alleen. "... dalk is dit in jou ander naam se tyd?"

Jack se oë vernou, Sam gee effens pad. "Wat bedoel jy daarmee, Sam?"

"Daar is nie iemand wat een dag groen oge en ander dag blou-bliksem oge het nie. Ek weet van daai klein brilglasie wat hulle op die oge sit, maar hoekom jy? Asseblief, moenie kwaad word nie."

Hy ontspan en glimlag skeefweg. "Nee, nie hier nie, Sam, sal jou die naweek in die veld vertel."

Vanuit die skare sien Ursula daardie bekende, skewe glimlag en met 'n bonsende hart twyfel sy weereens. Daardie regterhand met die snaakse litteken op die duim, die skewe glimlag en die byna hipnotiese teenwoordigheid. Sy wil nader stap, maar steek vas toe sy Louis en Doris by hom sien aansluit.

"Hoe lyk dit, is die vermomming nog reg?" Doris lyk bekoorlik in die swart broekpak wat om haar mooi gekontoerde lyf gegiet is.

"Heng, ek weet nie. Vir 'n oomblik het dit gelyk of sy my herken het, maar ek dink die litteken het haar geboul en natuurlik die groen kontaklense. Maar ek sien sy kyk steeds na ons, dalk moet ek eerder die pad vat."

"Kan dalk die beste wees, maar ons wil jou iets vra en ek weet dit is seker nie die regte tyd nie. Maar ek weet nie wanneer ons weer so kan gesels nie?"

"Asseblief, Louis praat gerus."

"Jy weet van daardie pakkamer waar ons ou gemors gestoor word. Ek wil van daardie meubels en ou goed kom laai. Gaan dit verkoop of skenk, daar is 'n ou wat tweedehandse meubels restoureer en verkoop."

"Enige tyd, as ek nie daar is nie, vra maar net vir Maria, sy weet dalk waar die sleutel is, ek nie. Net gehoor julle goed is daar gestoor en die deur met 'n hengse slot gesluit."

"Nee, ons het die sleutel hier." Doris bloos effens en lyk verleë. "Ek wou eintlik saam met jou gery het en solank begin uitpak en so, as jy nie omgee nie?"

Jack lag en kyk na Louis. "As jy die risiko wil waag dat sy saam met 'n wandelende lyk ry, enige tyd."

Hy kyk vinnig na Doris en wat hy in haar oë sien, maak sy mond droog. "Ek dink ek sal jou by jou huis aflaai en jou kans gee om iets anders aan te trek, dan gaan ek solank kruideniersware kry. Maria sal weet wat ons gaan nodig kry."

Dit is amper 'n driekwartier later wat hy die voertuig se linkervoordeur vir Doris oopmaak en haar inhelp. "Denim is beslis gepas vir wat jy wil gaan doen." Hy loop om en klim in die Land Rover. "Kan ons ry of het jy nog iets nodig?"

“Nee, ek is reg, in die kartondoos is daar alles wat ek nodig sal hê. Is jy seker dat Sam en Maria my kan help?”

“Natuurlik, en wanneer ek terugkom van die veld, sal ek kyk of julle nog hulp nodig het.”

“O, gaan jy nie daar wees nie?” Die teleurstelling is duidelik op haar mooi gesig leesbaar.

“Ongelukkig nie. Die veekamp se een krip lek en ek sal dit moet herstel. Maar ek sal seker nie lank weg wees nie.”

Maar dit wás laat toe hy daardie middag uiteindelik die voertuig onder die afdak intrek en Sam hom tegemoet stap. “Hoe lyk dit, ou Sam, het julle klaargekry?”

Die ouer man kyk hom reg in die oë en skud sy kop. “Daar is baie goed wat hulle sal moet regkry en Louis is ook nou daar. Maar jy weet wat daardie vrou rêrig soek?”

“Is mos haar persoonlike goed, hoe sal ek weet?”

“Sjee, ek ken Louis lank se tyd en Doris ook. Louis mos daai siekte gekry en nou is hy ‘n os en sy vrou soek man wat hom kan help.”

“Nou hoekom sê jy dit vir my? Help my gou dat ons die ander hegstukke terug pak.”

“Ek moet jou mos warn, sy soek jou lyf en baie ook. Jy sal moet help, Jackman.”

“Hel, ou Sam, sy is getroud en ek is vriende met haar man. Kan mos nie werk nie. Snaaks dat ek hulle nie gesien of ontmoet het in die afgelope jaar nie ...”

“Onse ouma het hulle weggehou, want sy was bang die ding gaan voor haar gebeur en sy wil dit nie weet nie. Daai witkop se lyf is honger en sy soek jou.”

“Nee fokkit, ek’s nie ‘n damn stoetbul nie. Ek sal maak of ek dom is.”

“Gaan nie help nie, Jack, haar tong is baie los. Of moet ek eerder Otto sê?” Sy gesig vertrek van pyn as Jack se linkerhand soos ‘n skroef om sy voorarm sluit.

“Wat de hel! Hoe weet jy dit?” Die groen oë blits en die lippe is ‘n dun lyn.

“Eina, Jack, ek het mos gesê sy praat maklik en gou. Maar is omdat sy hart so seer is, want na Louis se ongeluk kan hy nie meer die vrou help nie, en nou hy kry sy ding onder die ander manne, wat hom vrou maak.”

Jack kyk weg en voel hoe simpatie en afsku meng, maar dan verstaan hy. “Ek wil jou vra om die naam Otto nie weer te gebruik nie, ou Sam, ek sal jou later alles vertel. Kom, laat ons klaarmaak ek wil gaan groet.”

Hy tref die Naude’s op die hoofhuis se stoep aan, gemaklik in die stoele en elk met ‘n skuimkop bier.

“Jammer ek kom nou eers hier aan, maar het gesukkel met die krip en toe die kragkop ook. Julle darem gemaklik en het jy reggekom, Doris? Dankie, ek voel dors genoeg om die bier te eet.”

“Jammer ons het sommer oorgevat, maar ons kon nie klaarkry vandag nie. Sal maar môre weer uitkom.”

“Nonsies, hoekom ry? Julle kan in die hoofhuis slaap dan kan julle vroeg môreoggend begin.”

“Ek het ook so gedink en vir Louis gevra om slaapklere saam te bring. Gehoop ons kan sommer hier braai, as jy wil?”

“Dit is ‘n puik idee, ek sal die vuur aan die brand steek en dan in die swembad spring.”

“Ek sal graag ook so wil maak. Ek het nie my baaikostuum hier nie, maar jy sal seker nie omgee nie, ons is mos net manne?” Vir die eerste keer hoor hy die snaakse klank in Louis se stem, en sien hy die afsku in Doris se gesig.

Hy staan op, vat sy rookgoed en loop, praat oor sy skouer. “Ja, Louis ek gee om, ek swem nie alleen saam met ‘n man nie en beslis nie kaal nie. Geniet julle braai.” Hy loop haastig na sy rondawel, maar in sy binneste borrel die woede.

Sowat ‘n uur later sien hy motorligte aankom, kort daarna nog een en saggies stap hy nader. Daar is ‘n agttal mense by die vuur. Hy kan Doris uitmaak, maar die ander twee vroue is onbekend. By Louis staan daar drie vreemde mans en hy loop terug na sy huisie. Hy sit die ketel aan, dink aan die klomp by die hoofhuis en swets saggies. Nou eers onthou hy die klousule by die testament dat die Naude’s die reg het om naweke, asook vakansiedae die huis wat hy nie gebruik nie, te mag gebruik. Hy het nog nie oorgetrek na ma Ria se plek nie en sal dit doen sodra hulle weg is. Dit gaan jolig by die vuur en hy gaan slaap, sonder om enige iets te eet.

* * * * * * * * * *

Oudergewoonte stap hy vroegoggend store toe, steek vas as hy Sam en Maria sien wag. Hulle groet beleefd en hy ook. “Wat nou, hoekom so vroeg hier?”

“Nee, net bang jy gaan reguit veld toe en ons moet help laai.”

"Oukei, is reg, ek gaan die perd vat en die draad check, later waterval toe ry. As jy netnou veld toe ry, bring my iets saam om te drink en eet, asseblief." Hy groet en vat die opgesaalde Prins by Sam. "Sien die saalsakke is gepak, baie dankie, julle twee." Hy swaai in die saal en dink aan moeder Ria. Wat sou sy gemaak het met die ding van Louis of het sy dit dalk geweet? Vir hom is dit onaanvaarbaar dat 'n man so kan verander. Maar hy het geen kwade gevoelens nie, dis net dat hy nie alleen met so 'n persoon wil wees nie.

Dit is amper twaalfuur toe hy Prins by die watervalletjie afsaal en omdat hy stadig gery het, is die nie nodig om die hings koud te lei nie. Hy sorg dat daar skoon drinkwater is en toe die perd klaar gerol het, maak hy die kampie toe. Dan duik hy self in die koue water en skrop met sy vingers deur sy hare. Met slegs 'n PT-broek aan, gaan sit hy in die son om droog te word. Steek sy pyp aan en met die tweede suig hoor hy die ou Nissan Hardbody nader dreun.

Hy hoor die deur klap en sonder om om te kyk groet hy. "Sam, ek hoop jy het kos gebring, ek is blerrie honger."

"Ek het, en ek is ook honger." Haar stem is soet en vol pret.

Hy staan op, haar oë rek as sy die gespierde liggaam sien en die mandjie val uit haar hand. Vinnig tel sy dit op en hy stap nader. "Iets gebreek? Wat 'n aangename verrassing. Jy lyk pragtig, Doris, en ek bedoel dit." Sy het 'n denim kortbroekie, 'n blou haltertoppie en sandale aan. En duidelik nie veel onder die toppie aan nie.

“Niks gebreek nie, en sjoe, dalk moet jy ‘n hemp aantrek.” Daar is ‘n blos op haar wange en sy staar ombeskaamd na sy bolyf.

“In dié hitte, is dit regtig nodig? En hoekom ‘sjoe’ jy?”

Sy sit die mandjie neer, hy kyk in haar bloesie se opening af en hy verhard byna onmiddellik.

“Toe nou, jy is nie ‘n kluisenaar nie.” Sy kom nader, sit haar regterhand op sy bors en kyk hom vas in die gesig “Ek wil om verskoning vra vir Louis se gedrag en hy ook. Dink sy hormone het sy brein aangetas. Aanvaar?”

“Natuurlik, ek dink dit is die gedrag in die tronk wat my so aanvallend gemaak het. Dáár gebeur dinge wat ek walglik en onaanvaarbaar vind. Dinge wat in privaatheid moet gebeur, maar kom ons los dit. Het jy dalk ‘n bier gebring?”

“Natuurlik het ek. Kyk in die koelkassie, dit is nog in die bakkie.”

Haastig stap hy soontoe, kry dit, draai om en amper val dit uit sy hand. Sy staan in ‘n rooi bikini wat die prag van haar ongelooflike liggaam aksentueer.

“Helvel, Meisiekind, wat doen jy aan my? Jy is ongelooflik mooi en jou lyf sal ‘n man oor sy eie pote laat val.”

Sy glimlag, stap nader en lig haar kop, die lippe klam-uitnodigend. Sy soen hom, eers sag, dan driftiger, haar mond gaan oop en dan is haar tong toetsend teen syne. Sy kreun as hy haar byna ru teen hom vasdruk en haar asem jaag toe sy voel hoe hy teen haar verstyf.

"Jy is so ongelooflik aantreklik en jou lyf so gespierd."

Hy soen haar weer, trek sy kop effens weg, kyk in haar oë en sien die rou begeerte daarin opwel. Hy maak die bostuk los, die rooi materiaal gly tussen hulle tot op die gras, sy lippe soek die gepunte tepels op en sy tong verskerp dit tot spykerpunte.

"Ja! O, ja! Moenie ophou nie. Asseblief, dit is so ongelooflik lekker." Haar bewende hand ruk byna sy broek af en sy suig haar asem hard in as haar soekende vingers sy ereksie probeer omsingel. "Asseblief, vat my nou, ek kan nie meer hou nie. Asseblief, my liefste."

Hy hak sy duime in die broekie se rek vas, sak op sy hurke en trek dit in dieselfde beweging af. Sy treë uit die broekie, haar bene val oop as sy asem op die kern van haar vrouwees blaas. Sy tong soos 'n tergende vlinder en haar bene vou inmekaar. Sy gaan lê op haar rug, bene gesper as sy hom in haar smagtende satyn-dieptes trek.

Twintig minute later rol hy met hygende asem van haar af, onmiddellik is sy in sy arm en praat teen sy mond. "Dankie. Baie dankie, dit was die beste ooit, nog nooit so in ekstase gesweef nie, baie dankie." Sy soen hom, hierdie keer rustiger, byna besitlik en hy glimlag vir haar.

"Ek dink ons kan iets eet en dan sal jy seker moet gaan, my meisie."

"Ek bring en as ons klaar is, die water lyk so aanloklik, wat dink jy?" Sy pak die mandjie se kos op 'n geruite doek en giggel as sy na hom kyk. "Dalk moet ons eers gaan swem dat jy kan afkoel?" haar oë skitter onnutsig as sy na sy naaktheid kyk.

"Nee, ek is honger en regtig honger." Hy was beslis honger, want hy neem haar voor ete, na ete en twee keer in die water.

"Jy sal my moet help, my bene is skoon lam en bewerig," giggel sy terwyl hy die kosmandjie optel. Hy vat haar hand en lei haar na die Nissan. Voor sy inklim, soen sy hom weer, lank en hartstogtelik. "Ek hoop daar sal weer so 'n fantastiese dag wees."

"Ek glo daar sal, daar moet wees, want jy is ongelooflik. Jou hartstog het my tot oorgawe gedwing. Ek hensop teen my meesteres, ek het dit so nodig gehad en baie dankie. Gaan jy oukei wees, meisie?"

"Ek sal, Louis sal so oor 'n uur hier wees met die groot vragmotor en 'n vriend wat dit bestuur. Ons sal alles seker oplaai."

Hy help haar in die bakkie, maak die deur toe. Hy staan langs haar en sy orgaan is weer styf. "Jy moet mooi ry en dankie. Ek sal sorg dat ek daar aankom as julle weg is."

Doris steek haar arm deur die oop venster en vat sy hardheid vas. "Ek wil, maar my lyf is gedaan, so jammer. Mag ek maar my hand gebruik?"

"Dit sal lekker wees, maar ek dink jy moet ry." Hy soen haar en sy huil saggies.

"Asseblief, moenie my weggooi nie," pleit sy.

"Jy weet ek sal nie, maar ons sal versigtig moet wees."

"Ons sal, maar ek wil een ding weet, as Louis normaal was, sou dit gebeur het?"

Hy skud sy kop ontkennend.

Sy begin ry, hou stil en steek haar kop uit. "Baie dankie, jy is 'n ware heer." Sy wuif, hy antwoord en dan is die voertuig om die draai.

Hy stap terug. Snaaks, hy dink nie aan Doris nie, maar aan Ursula, en hy duik in die koue water van die kuil.

Dit is amper skemer toe hy Prins by die stal intrek en afklim. Hy sit die halter aan. Nadat Sam afgesaal het, neem hy die halterriem met sy linkerhand, en die drie van hulle loop in die ry-sirkel. "Hoe het dit hier gegaan, ou Sam?"

"Was reg gewees en alles is gelaai. Doris het kwaai gepak voordat die lorrie en Louis gekom het, niks oor jou gepraat nie, maar net gehoor Louis voor ander vrou vir Doris gesê sy mag nooit weer hier kom nie. Die twee vroue het niks gepraat nie, net met Jane se Mercedes geloop. Dink nie daai Jane like Louis nie."

"Dankie ou, ek wil net Prins stal, dan stap ons na my plekkie dat ek jou 'n dop kan gee. Hoe lyk die buite-kamer?"

"Sal hom uitvee." Hy steek vas en skud sy kop. "Daai Louis het gemors in onse ouma se huis en ook gebreek."

"Fokkit! Kom, wys my gou."

Minute later swets Jack hard en aanmekaar. Die gesinsportrette is teen die vloer geslinger, kaste is oop geruk en klere lê op die vloer. Die yskas en vrieskas se deure staan oop en al die goed is op die kombuisvloer uitgeslinger.

“Kyk wat kan julle gebruik.” Jack neem met die selfoon foto’s van elke vertrek en vra Sam om die deure te sluit.

Hy wag tot Sam weg is, steek dan die vuur aan, maak ‘n Castle oop, vat sy selfoon en gaan sit by die vuur. Rook sy pyp leeg terwyl hy na die foto’s kyk en skakel dan ‘n nommer. “Hallo, Solomon, hoe lyk dit daar?”

“Phiri, goed om van jou te hoor. Wat’s nuus?”

“Ek gaan jou alles vertel en dan foto’s stuur.”

“Ek het gekry en sal jou laat weet. Mooi loop.”

“Dankie, my vriend, ons praat later.” Hy toets die vuur se hitte met ‘n oop hand en sit dan die rooster met wors op.

Om presies tienuur skakel hy die lig af, lê in die donker en dink aan Doris.

* * * * * * * * * *

Die volgende oggend werk hy en Sam met die ossies in die boonste veld, gaan ook die krippe na. Dis amper vieruur se koers toe hulle uiteindelik die ou Nissan onder die afdak trek. Hulle laai af en stap huis toe.

“Vat vir jou wyn uit die koeler saam.”

“Dankie Jack, nou wat van die huis wat so opgefok is, wie gaan dit regmaak?”

“Ek het gebel en gaan eers wag, die huisversekering is by daai helsem wat die huis so verniel het.” Hy wil verder praat, maar sy selfoon lui en hy bly stil, weet nie waar dit is nie.

“Hierso.” Sam haal die selfoon uit die kosmandjie en gee dit aan.

Voor hy die onbekende oproep aanvaar sien hy daar is 'n hele spul *missed calls*.

"Middag, kan ek help? O, die versekeringsmense, laat ek hoor. Wat?! Goed, ek verstaan. Dankie, totsiens." Hy mik om die selfoon teen die kareeboom te verpletter, maar Sam keer sy arm.

"Stadig, Jack, issie die phone se skuld nie. Praat eers en dan kan jy die ding moerland breek."

"Jy's reg ou, ek gaan haal gou twee biere dan sit ons onder die karee dat ek jou vertel."

"Ek gaan net die perde se hekke check, dan kan ons die bye se nes oopmaak."

Jack kyk gou van wie die ander oproepe af gekom het en gaan deur al die Whatsapps. Kry dan die bier voor Sam terugkeer. "Sit daar op daai stomp, hier's jou bier."

Sam gaan sit, maak die bier oop en lig dit omhoog. "Praat, asseblief, Jack."

"Daai donnerse Louis het nooit die versekering van die ou huis aangepas nie en die polisie was glo hier. Maria het hulle die huis gewys, maar hulle sê dis nie die mense wat gelaai het nie, dit moes na die tyd gebeur het. Louis het hulle seker betaal, jy moet later by Maria hoor."

Hulle drink klaar. Sam groet en gooi die leë blikkies in die drom.

Dit word vinnig donker en Jack sluit die agterdeur. Trek al die gordyne toe en gaan sit op die klein voorstoepie. Die kolos van die Drakensberg verdonker sy sig en hy peuter met die selfoon. Druk 'n nommer en druk dit dan dadelik weer dood. Hy wag tien minute voordat sy selfoon eindelaas lui. "Is dit veilig en waar is hy?"

"Hy is by 'n vergadering, 'n regte vergadering en slaap oor in Ladismith. Ek verlang vreeslik na jou, kan ek nie maar ...?"

Hy knip haar kort. "Slaap hy altyd oor as hy vergadering toe gaan?"

"Nee, nou dat jy so vra. Hy slaap altyd by die huis, ek wonder?"

"Dit is 'n lokval, vermoed hy iets?"

"Ek dink so, ek het nie kans gekry om te was nie en ek het na ons liefde gemaak het, na jou geruik. Wens ek kon dit weer ervaar, is daar fout, my seerower?" Sy giggel as hy uitbars van die lag.

"Touché! Is dit die litteken of wat?"

"Ja, die swart hare en die passie waarmee jy liefde gemaak het ... ek was nog nooit 'n maklike vrou gewees nie. Jy is die eerste man na Louis, en dít was baie jare terug gewees."

"Dit was so lekker en ek het dit ook nodig gehad, dalk meer as jy. Ek wil hê jy moet by die huis bly en wis die oproep uit en alle tekens van my. Ek dink jy moet 'n ander selfoon kry en wegsteek. Pop, weet jy van die beskadiging van tannie Ria se huis en wat gebeur het?"

"Nee, Louis het my eers vanoggend daarvan vertel en beweer dat die plek onderverseker was, en dat die verwoesting eers kon gebeur het ná hulle gery het. Ek het saam met 'n vriendin, Jane Lourens, gery, sy is 'n tikster by sy kantoor."

"Goed, hou dit stil en sorg dat jy daar is, ek vermoed hy gaan middernag daar uitslaan. Dalk moet jy Jane oornooi. Is sy getroud of het sy 'n kêrel?"

"Sy het, hy is 'n kaptein in die speurdiens. Hoekom?"

"Nooi hulle oor, vertel jy voel onrustig, maar jy weet nie waaroor nie. Vra haar dat hulle moet kom kuier en sommer oorslaap. Laat hulle hul motor buite sig parkeer. Verstaan jy?"

"Ek doen en jy is 'n uitgeslape seerower." Sy giggel vrolik. "Ek wens jy was nou hier, ek honger vir jou binne my."

"Ek ook, maar maak soos ek sê en wis alles op jou selfoon uit. Bel vir Jane en geniet dit. Bel my môreoggend sodra jy kan, asseblief."

Haar groet klink hartseer.

Hy skakel die vorige *missed call* terug. "Yes, Solomon, wat kan jy my vertel?"

Teen halfnege sit hy eers die rooster op die kole, wag dat dit mooi warm word en vee dit met die draadborsel skoon. Tien minute later sis die skaaptjoppies oor die mieliestronkvuur, eenkant brand die doringhoutvuur hoog en gesellig. Hy eet die gaar tjops sommer so van die rooster af, saam met die tamatie toebroodjies en bier. Dan gaan sit hy buite die houtvuur se ligkring en dink aan Ursula.

Hy praat sag met die dansende vlamme. "Wat gaan aan met jou Otto? Jy het net gister saam met 'n beeldskone vrou in die sewende hemel gewals, maar jy dink aan háár, die een wat so diep in jou hart gekruip het?" Maar die vuur knetter net en iewers blaf ‘n bobbejaan, waarskynlik gevaar wat die trop bedreig.

Hy was die vuil skottelgoed, sluit al die deure, gaan kamer toe, sit op die bed en maak die Nuwe Vertaling Bybel oop en lees Prediker 1:2. *Alles tevergeefs, sê die Prediker, alles tevergeefs, dit is alles tevergeefs!*

Dan bid hy en vra krag, genade en vergifnis. Skakel die lig af, dink aan Doris, die heerlikheid van haar liggaam en dan slaap hy.

* * * * * * * * * *

Hy word soos gewoonlik vieruur wakker, lees verder uit Prediker, bid en gaan maak koffie. Gaan sit dan agter die kombuis onder die kareeboom en wag dat die son die omgewing in oggend-goud verf.

Later staan hy en Sam by die ou Ford Triton bakkie en maak die vee-tralies vas.

“Is jy seker dit is al wat ons nodig het?”

“Jip. Ons kan ry, Jack, ek het ‘n groot lys en orders by Maria gekry. Jy sê jy wil Harrismith toe, maar Ladysmith is groter.”

“Ja, ek wil Afrikaans praat en ek wil dit in Vrystaat Koöperasie in Percystraat gaan praat. Kom, laat ons waai.”

Hulle kry wat nodig is en gaan sien wie gesien moet word en twaalfuur trek hulle weer agter sy huis in.

‘n Driekwartier later trek hy die leë vragmotor in die stoor.

“Kom, vat julle kos en ander goed met die Nissan huis toe, dan tjaila julle. “

"So vroeg? Gaan jy ry of wat, Jack?"

"Ek wil Van Reenen toe ry, hoor daar is 'n oulike plekkie, Green Lantern, wil bietjie ander mense sien en dalk iets anders eet."

"Wag, dat ek die Sani se vel gaan skoonmaak."

"Ek help jou gou."

"Gaan bad jy, ek sal alleen regkom en Maria kan my help."

By Green Lantern gaan sit hy in die tuin en bewonder die pragtige plante, struike en ander versierings. Hy bestel 'n Klipdrift met gebottelde water en betrag die ander mense met verskuilde belangstelling.

"Skuus Meneer, jammer om te pla, maar is jy nie Jack Steiner nie?" Die man het 'n forse liggaamsbou, kort hare, en is netjies geklee. Hy, sy geselskap van vier vroue en twee ander mans, sit by die aangrensende tafel.

"Ek is en wie is jy?"

"Ek is Bennie Louw, dit is Jane Lourens, die ander is Doepie, Piet, Tanya, Mara en Tilda. Wil jy nie by ons aansluit nie?"

"Dankie," hy vat sy rookgoed, selfoon en drankie. Gaan sit tussen Tanya en Mara, as hy reg kan onthou. Hy kyk hulle so vinnig deur en glimlag. "Ek weet Jane is 'n tikster en ek dink die res van julle is polisiemanne?"

"Reggeraai en ek moet jou vra hoe weet jy ons is pote?"

"Maklik. Julle reguit kyk, of dalk eerder wantrouige manier wat julle rondkyk." Hy lag saam met die ander en dit word 'n heerlike middag. Hulle aanvaar sy uitnodiging om môre uit te kom vir 'n braai.

Die Sani word ná agt daardie aand eers onder die afdak ingetrek. Iets raas in die gras, hy spring in die donkerte en die Ruger spring in sy hand.

"Jack, sjee, sien jou nou hier en weg is jy, waar's jy?"

"Hier, en jy moet praat vóór die gras raas! Is alles reg, ou Sam?"

Die ouer man kyk wantrouig na die pistool, maar praat nie daaroor nie. "Als reg, dis net, daardie man wat ek jou gesê het wat mooi werk, hy's hier, hy soek werk."

"Goed, is hy nog hier? Loop saam huis toe, dan praat ons." Hulle maak so en as hulle klaar is, gee Jack hom 'n pakkie Cape sigarette en 'n bier.

"Dan praat ons by die oggend en dan kan ons die trek Maandag gaan haal. Ek sal vroeg die braaiplek skoon-maak en sorg vir baie doringhout. Mooi slaap, Jack."

"Jy ook, ou Sam, en dankie." Hy sluit die kombuisdeur agter hom, sit die ketel aan en maak die blikbeker vol. Skakel al die ligte van die huis af, daar is net 'n sekelmaan as hy op sy ou stoel neersak. Hierdie keer praat hy nie hardop met homself nie, trouens, hy leun agteroor en raak aan die slaap, en droom van Ursula.

* * * * * * * * * *

Die volgende dag was heel waarskynlik een van die aangenaamste dae nog en die mense was spontaan, vrolik. Die geselskap het van rugby na judo, hokkie, tennis en visvang geslinger.

By die motors het die mans handgegee en die dames het hom gesoen. Tilda het haar tong vlugtig teen syne gestreel en in die druk van haar heupe was daar 'n uitnodiging.

Hy het die motors agterna gestaar en toe na sy selfoon se skerm gekyk. Op die stoep gaan sit en gebel.

"Solomon, hoe gaan dit en wat is nuus?"

Hulle praat lank en dan groet Jack, nadat hy aandagtig geluister het wat sy vriend te sê het.

Die volgende paar dae gaan dit voor die wind en hulle maak die ander werkershuis reg. Die nuwe man, Piet Moleko, en sy vrou, Agnes, is ywerige werkers. Steeds word die kos en wasgoed in die groot huis gedoen en Jack slaap in sy eie plekkie.

Donderdag, vroegmiddag, vertel hy die manne dat hy Kroonstad toe gaan en dalk eers Vrydag terug sal wees. Dit is ook so.

Hy is by die stoor besig as sy selfoon Vrydag lui. Oudergewoonte kyk hy eers na die skerm en antwoord dan. "Bennie, julle is stil. Hoe g... Jy maak 'n grap, dit kan nie wees nie, man. Fokkit, ja, ek is hier. Kom jy amptelik of as 'n vriend?"

"As 'n vriend, maar ek wil jou iets sê, maar jy moenie kwaad wees nie. Dit is my plig," daar is 'n onseker noot in die speurder se stem.

"Ek dink jy gaan my vertel dat jy my lêer getrek het en my rekord gesien het?"

"Ja, ek is jammer, maar ek moes en voel shitty daaroor. Gaan jy vir ons by die huis wag?"

"Jip, wie is die 'ons'?"

"Ek en Tilda. Gaan jy saamwerk of moet ek nog mense uitbring?"

"Nee, hoekom sal ek nie saamwerk nie? Ek weet wat ek weet. Sien julle dan nou-nou."

'n Halfuur later hou daar drie polisievoertuie stil en buiten Bennie en Tilda, is daar 'n stuk of ses ander uniformmans, een met baie blinkers op sy skouers. Hulle groet, hy nooi hulle stoep toe, maar net sy twee kennisse en Brigadier Jan Olifant stap saam.

"Steiner, ek het jou rekord getrek en gesien jy het laas jaar uit die tronk gekom. Ek wil weet voordat ek jou dalk laat arresteer, het jy iets met die moord op Jane Lourens te doen? En ek wil jou net waarsku dat wat jy sê, kan en mag teen jou as getuienis gebruik word. Natuurlik net as jy wel daarmee iets te doen het."

"Jy kan maar jou Miranda-reëls lees, ou bul, ek het getuies dat ek nie hier was nie. En ek antwoord net as my regsverteenwoordiger hier is."

Daar is verbasing, dan woede en wreedheid op sy donker gesig. "Ek dink my manne moet solank nader kom. Wie is jou getuie en ek soek sy telefoonnommer?"

"Jy ken hom dalk, wil jy sy nommer hê? Ek gee dit gou." Hy haal sy foon uit, kry dit en lees dit vir Olifant. Dié pons dit in en loop weg. Bennie en Tilda loer geamuseerd na mekaar, maar swyg.

"Hoe lyk julle naweek?" vra hy vir Bennie.

"Ons het 'n wegsteek kuierplekkie op 'n oubaas se plaas en ons het gehoop jy wil saamgaan. Daar is rondawels en 'n moerse dam met swartbaars. Oud-polisieman en 'n vriend van ons. Hoe lyk dit? As ek na die Brigadier se gesig kyk, gaan jy nêrens behalwe saam met ons die naweek nie."

"Klink lekker."

Olifant sluit weer by hulle aan. "Kom julle, meneer Steiner is heeltemal onskuldig. Aanvaar asseblief my verskoning en sal u ons verskoon? Bennie, jy en Tilda kan gerus bietjie kuier. Totsiens, meneer Steiner, en weereens jammer."

Binne drie minute is Jack en die ander twee alleen op die werf.

Hulle kyk verbaas na hom. "Wat de hel gaan met Olifant aan en wie se nommer het jy aan hom gegee?"

"Is die Boeing oor?"

Bennie knik sy kop en Tilda grynslag breed.

"Nou kom ons verpletter 'n Kasteel en dan vertel ek julle."

Hulle gaan sit agter, die twee geregsdienaars op stoele en hy op die stomp. Jack se oë vernou vinnig. Tilda sit regoor hom, die rok se soom ry effens op en toe sy sy oë op haar sien, val haar bene stadig oper.

Jack sluk haastig, verstik amper en loer na Bennie.

"Daar gaan hy, julle twee. Ek was so dors, amper verstik ek."

Die geselskap raak ernstig na hulle hoor wie Olifant gebel het.

"Jy praat van daardie omstrede hoofbewaarder op Kroonstad Gevangenis, Solomon Selepe?"

Jack knik net.

"Helvel, dit het ou Slurpie geskud. Wie is jou regsverteenwoordiger, want dit is die een wat Slurpie erg gestamp het?"

"Dit was haar naam wat hom gestamp het. Dis doktor Grace Selepe."

Selfs dié twee is beïndruk met die noem van haar naam.

Hoe meer hulle gesels, hoe wyer gaan Tilda se bene oop en sy beantwoord sy oogknip met geesdrif.

Bennie se foon lui, hy tel dit op en stap weg. "Ek moet die oproep neem, sien julle oor 'n ruk."

Jack staan op, vat haar hand "Kom saam, ek gaan iets maak om te eet."

Sy smeer die brood en hy kerf die biltong. Hy sien die uitnodiging in haar oë, stap tot by haar en sy omhels hom. Die soen is eers lig, maar haar tong smeek vir meer en hy antwoord dit. Haar regterhand gly teen sy bors af en streel sy manlikheid bo-oor sy broek.

"Jy soek my mos nou?" prewel hy teen haar mond.

Sy glimlag, haar hand glip binne-in sy broek en sy gee 'n blye gilletjie. "Ja! Ja! Ja, ek doen en gou ook, asseblief." Sy bevry hom heeltemal uit sy broek, val amper op haar knieë neer en dan is haar mond natsuigend om hom. Jack se vingers strengel in haar hare, sy hande gee ritme en buitekant hoes Bennie.

Sy vlieg op, begin margarien op die brood smeer en hy raak doenig met die biltong.

"Hier in die kombuis, Bennie."

Tilda giggel, wys met haar kop, hy kyk af en met 'n verleë uitdrukking op sy gesig plaas hy dit terug in sy broek.

Twee ure later soengroet hy haar by die linkervoordeur van die speurder se dubbelkajuit Isuzu.

Bennie praat langs hom. "Kom ons twee maak straal daar by die bamboesbos."

Hulle loop soontoe en buite sig, draai Bennie om. "My maat, ek moet jou waarsku, sy's 'n rowwe een, en sy is bespreek."

"Dankie, gesien sy's vinnig, maar wat de hel is bespreek?"

"Verloof, aan die hoof van die verkeersdepartement, maar gedurende werk dra sy nie haar ring nie. Tewie is 'n smart ou en hy gaan die naweek ook daar wees."

"Dankie en ek like nie bespreekte dames nie, maar hoe gaan ek uit die naweek kom?"

"Sy sal self plan sien. Ek het twee oproepe gekry, laaste een was van Tewie. Hy is klaar met sy kursus in Bloem. Sy het nie haar selfoon saamgebring nie. Ek glo sy sal sorg dat jy nie saamgaan nie, een of ander verskoning uitdink."

Met twee toeter-klanke vertrek die twee.

Jack stap direk na die store toe.

"Wat het die lot polisiemanne kom soek?"

"Hartseer storie, manne, hartseer. Donderdagaand toe ek in Kroonstad was, is Jane Lourens in haar huis vermoor."

"Auk."

"Eish."

Hy pers sy lippe vinnig saam, dan gaan wys hy hulle wat hy gedoen wil hê.

"Ek gaan die gate afmerk, dan kan julle begin grou, graafdiepte, of tot julle klip of rots kry. Ek gaan nou-nou ry en 'n jackhammer en 'n paar ander goed koop. Piet, vat die punt van die maatband en loop reguit tot by daardie boom."

"Sjee, Jack, wat gaan jy hier aanhou, oolfante?"

"Nee, ek wil ordentlike huise vir julle bou. Julle sal hier ook nader aan water en die store wees. Wat dink jy, ou Sam?"

"Hel, dit sal te lekker wees. Hierlangs is die mooi grond vir tuine en als. Baie dankie."

"Hulle gaan vanmiddag die steen, sand en staal aanry. Een van julle kan saam met my in ry dorp toe. Die ander een moet bly om die vragmotors te wys waar moet hulle aflaai."

* * * * * * * * * *

Die volgende paar weke gaan dit dol op Thornhill. Jack het kontrakteurs gehuur om die bouwerk te doen, en hulle word in twee spanne verdeel. En drie maande later trek die werkers by hul nuwe huise in.

Jack hou 'n braai naby die viertal ander huise. "Nou soek ek mense, ordentlike manne, ek gaan die bees vermeerder en ons gaan Elande in die ou boskamp sit."

Sedert Bennie-hulle laas hier was, het niemand weer kom kuier nie. Hy het ook geen woord gehoor van daardie plaas-uitkamp nie. Niemand bel of soek hom nie. Hy het by Piet gehoor dat die hoof van die verkeersdepartement in die saal getroud is.

Die eensaamheid en stilte help hom om dinge in sy gemoed uit te werk.

Piet vertel hom van die mense by Ladismith, waar hy Beefmaster stoetverse kan koop. Hy kontak die nommer om 'n afspraak te maak. Een van die Wilson-dogters neem die oproep en gee vir hom hul plaas se ligging.

* * * * * * * * * *

Die volgende dag hou hy en Sam voor die indrukwekkende Spaanse Villa stil. Hy klim uit, druk die klokkie by die voorhekkie en identifiseer hom self. Die elektroniese stem beveel hom om te wag en hy steek 'n Pall Mall aan. Hy rook dit klaar, skiet die stompie tot op die grond en trap dit dood, draai om en klim weer in die Sani.

"Wat se mense is dit dié, hoekom sê sy ons moet wag?"

Voor hy kon antwoord, lui sy selfoon. Hy sien dit is Wilson se nommer en hy antwoord, doelbewus in Afrikaans. "Ja, kan ek help?"

Die stem praat in Engels en is onbeskof brutaal.

"Tronkvoëls is nie welkom hier nie, veral as hulle Afrikaans praat." Die foon klik dood en Jack lag saggies.

Hy skakel die voertuig aan, ry besadig weg en Sam praat. "Fokker! En jy word nie eers kwaad nie, spin sy plek moer toe, Jack."

"Ek het die beweging by die gordyne gesien, daar is ook 'n kamera by die hek. Nee, ek mors nie my geld op gemors nie. Sal maar vir Grace bel en laat sy my inlig. Kom, ons sal wegneemkos kry."

Skaars tuis of die selfoon lui, hy grynslag as hy die nommer sien en antwoord. "Tronkvoël wat praat, kan ek help?"

Die stem stotter en dit weer in Engels.

"Ek het jou beeste gesien langs die pad, sou anyway nie sulke goed koop nie, ou Wilson-toffie. Bye." Hy sit neer en blok die nommer. 'n Frons verskyn op sy voorkop: Die vraag is, wie het hom vertel en hoekom?

Die aand is stil en hy steek sy pyp aan. Gaan haal 'n bier, loop tot by die stomp, gaan sit daarop en praat met die donkerte. "Hoe gaan dit met jou, my seun?"

Die stilte antwoord hom nie.

"Is jy nog steeds Hardin Handford? Hoe gaan dit met my kleinseun – ek sou hom so graag wou ontmoet?"

Weer is dit stil.

"Waar is jy, Ursula, en wat doen jy?"

Die stilte rek net al hoe langer.

"Wat gaan gebeur, Hardus ... Ursula, wat gaan gebeur? Hoekom hou die nagmerrie net aan en aan?" Dit is nie meer stil nie, Otto Stegman snik hard.

* * * * * * * * * *

Hardin kyk na Cathy, sy is besig om op die rekenaar te werk, maar sy lyk ongelukkig. "Wat is verkeerd, my liefste? Jy lyk bekommerd en is die laaste week of so nie lekker."

Sy draai haar kop om en glimlag verleë. "Jy ken my te goed." Sy pruil haar mond en hy soen haar saggies. "Maak die kantoordeur toe en dan sit jy op die lessenaar."

"Praat maar, my vroutjie?"

"Ek is bekommerd oor Mammie, Liefling. Ek wonder hoekom is sy so vinnig terug Kalahari toe. Daar is net daardie klein ou plasie en dit is so ver van alles af. Wat het regtig gebeur dat sy so inderhaas hier weg is? Ek weet jy weet meer as ek, maar jy praat nooit daaroor nie. Maar ek smeek jou, sê my, asseblief, my liefling?"

"Ek weet nie wat regtig gebeur het nie, maar ek vermoed dat dit iets met Trevor te doen het. Jy weet self Talana lyk nie lekker nie. Ek weet Trevor het ongelooflik baie geld gemaak met daardie Nigeriër, Dubal somebody. En die volgende oomblik was die gasteplaas oorval deur húlle mense en die Pakistani's."

"Ek kom glad nie meer op die gasteplaas nie, ek wens jy kan die wingerde verder weg kry of 'n groter veiligheidsheining laat oprig." Haar gesig is stroef en hy soen haar weer.

"Ek het reeds die ander grond reg en dit word besproei, maar dit is asof my mark gesink het. Ek sukkel deesdae om van die wyndruiwe verkoop te kry, en die prys wat ek kry is baie swakker as die ander ouens om die Oranjerivier."

"Dink jy Trevor het iets daarmee te doen, my skat?"

"Dink? Ek wéét hy het iets daarmee te doen, maar dit is nie al nie. Jy het gesien hoe lyk Talana die laaste ruk. Sy het maer geword, soms vloek sy lelik en sy praat soos 'n regte ou teef."

"Ja, dis waar, en kyk aan die anderkant hoe het Claudine begin blom. Van die mense dink sy is Trevor se eiendom of vennoot."

Hardin kyk by die venster uit, dan na sy vrou. "Ek gaan jou iets vertel en nie weer nie. Trevor en Claudine is byna elke tweede aand in die bed, al die huiswerkers weet dit."

"Wat?! Wel, dit maak dan sin waarom sý blom en Talana wegkwyn. Ek is so onoplettend! Kyk net wat gebeur alles onder my neus! Ek het nie eers agtergekom dat my ma ongelukkig is nie. Waar is Vellies, het hy ook weggehardloop?"

"Nee, ek het hom Kameelduin toe gestuur, waar jou ma bly."

"Hoekom het jy hom soontoe gestuur, my lief? Hy is oud en gaan nie veel beteken nie."

"Dit is waar jy dit mis het, my vrou. Hy is ons beste wapen ... en ek bedoel hy ken die regte man wat alles kan regmaak."

"Wat moet reggemaak word?"

"Wel, 'n hele paar dinge, maar veral wanneer Trevor 'n bedreiging word."

Sy snak na haar asem. "Watter man sal dít nogal kan regmaak?"

"Die man wat hier gebly het."

Sy frons. "Dáárdie ou? Wat was sy van nou weer? Steiner of so iets. Wat sal hý kan doen of beteken? Ek het gehoor hy was ook in die tronk saam met jou pa." Sy spring op, val hom om die nek en huil. "Ek het dit nie so bedoel nie, my man, dit is net wat ek gehoor het. Ek is so jammer ek was so aaklig met jou pa. Ek dink hy was 'n wonderlike man."

"Moenie huil nie, my liefste, ek het ook verkeerd teenoor hom opgetree. Ek moes geweet het dat hy nooit so iets sou doen nie, maar ek was so verlief dat ek nie mooi kon dink nie."

"Op wie was jy verlief en wat het van haar geword, meneer Handford?"

"Ek het met haar getrou en ..." Sy soen hom stil en verspot-verlief giggel beide.

"Jy probeer wegskram. Wat is die storie met Vellies en dié ou?"

"Vellies het Jack Steiner se selfoonnommer. Hy het belowe dat hy dit net in 'n noodgeval sal gebruik en ook net wanneer sekere mense in gevaar verkeer, of hulp nodig het."

"Ek is nie heeltemal met jou nie. Steiner is net 'n oud-gevangenis wat jou oorlede pa se plaas, of eerder joune, moes oppas totdat jy dit mag erf. Hoe kan hý help om my ma teen Trevor te beskerm?"

"Wel, nie net jou ma nie, maar vir jou, my en klein Hardin ook."

"Ons? Is hy die regte ou dáárvoor?"

"Ek dink, nee, ek wéét hy is die een mens wat sy lewe sal gee om ons te beskerm. Maar ek voel so sleg, want ek was 'n vark en ondankbaar teenoor hom, ek voel so skaam."

Sy hou hom styf vas en prewel teen sy mond. "Hoekom vra jy hom nie om verskoning nie? Bel hom of kry sy adres by Vellies en ry na hom toe waar jy hom in die oë kan kyk wanneer jy dit doen."

Hy aarsel 'n oomblik. "Dis nie so eenvoudig nie, my liefling. Ek mag dit eintlik vir niemand vertel nie. As ek jou sê, moet jy belowe jy sal dit nooit uitlap nie."

"Wat is dit wat jy geheim moet hou? Sê my, ek belowe ek sal dit net tussen óns hou."

Hy trek sy asem diep in en blaas dit stadig uit. "Jack Steiner se regte naam is ... Otto Wolfgang Stegman."

Sy staar hom geskok aan, bars dan in trane uit. "Hy leef?"

"Ja, my pa leef."

"Nee, my liefste, dit is óns pa wat leef."

Hoofstuk 11

Woensdagoggend skreef Ursula haar persblou oë, kam met haar vingers deur haar hare en pers die ligpienk lippe saam. Haar hart gil 'nee!', maar die oë sal nie lieg en die spieël sal nie bedrieg nie: daar is verdwaalde silwer spinnerakdraadjies in die swart hare en sy kon sweer gister was daar niks nie. Die spieël vertel haar ook dat daar lemspoortjies aan die buitekant van haar oë is. Sy strek die slanke hande voor haar uit, maar al wat haar opval, is die leë ringvinger.

Sy praat sag met die gesig in die spieël: "Jy word ouer, een van die dae vier-en-veertig, en jou ringvinger is al soveel jare leeg dat daar geen merk meer op is nie. Dié plek waar Otto se ring moes pryk. Nou sal daar geen ring wees nie, want Otto is dood. Gesterf in die plek waar hy nooit moes wees nie; gesterf met die onskuldige klad 'misdadiger' agter sy naam. Dit is alles jóú skuld, Ursula, en dít omdat jy nie jou hart wou glo nie, maar leuens. Nou kruip jy weg in die Kalahari, alleen met die vrees, en 'n tiental silwerraampies met foto's van Otto daarin vasgetronk. Ou foto's van 'n jonger man wat toe nog kon lag."

Sy tel haar selfoon op, rol deur die gids, kry die nommer en druk die belknoppie.

"Goeiemôre, dit is Ursula hier, kan ek asseblief met Rita Bezuidenhout praat?" Sy weet dat daar drie

Rita's by Modern Lady werk. Gelukkig ken sy teen die tyd al haar haarkapper se van ook.

"Ursula, hoe gaan dit? Hoe laat wil jy kom, of moet ek daar na jou toe gaan?"

Sy lag lekker, die eerste keer in 'n hele ruk. "Dié dat ek so mal is oor jou. Jy ken die kortpaadjies beter as enigiemand. Rita, daar is lot grys hare en my gesig raak gelyn, te veel. Wanneer het jy 'n opening? Ek wil 'n bietjie uitkom, in die winkels rondloop en 'n biefstuk verorber."

"Vrydag om twaalfuur."

"Reg so, dankie, Rita."

Sy stap na haar kantoor, frons liggies: hoekom het Vellies nog nie by haar gedraai vir instruksies nie? 'n Rilling gly teen haar ruggraat af, maar sy onderdruk die gevoel van onheil. Sy druk die interkom en vra dat Dora en Vellies na haar kantoor toe kom.

"Dora, ek wil Vrydag Upington toe gaan en ek wil hê jy moet 'n lysie maak wat ons in die kombuis en huis kort. Vellies, ek wil hê jy moet die blou Mustang was, ek gaan daarmee ry."

"Nee!" Hy glimlag verleë toe sy hom geskok aangaap.

"Ek meen, ek mag jou nie alleen met die blou perd laat ry nie."

"Hoekom nie, Vellies? Ek kan dit bestuur, ek kan enige voertuig bestuur."

Dit is Dora wat antwoord. "Het jy vergeet van daai satan wat jou wil seermaak?"

Sy verbleek. "Ons is in die Kalahari, hy sal nie hier kom lol nie. Ons het mos wagte wat kyk en hulle weet hoe lyk Trevor."

"Mevrou, ..." Vellies se oë is koeëlrond, sy stem ietwat hees.

Die snaakse voorgevoel van vroeër omklem weer haar hart. "Is daar fout?"

"Daar was groot dinge, ek wag nou vir die polieste."

"Wat is dit? Hoekom is ek die laaste een wat hiervan hoor?" Sy staan met hande in die sye en gluur hom aan. "Wat het gebeur, Vellies?"

Dora druk haar saggies in die rigting van haar stoel. "Sit, asseblief, wees kalm en wag net 'n bietjie."

"Nee. Wat het gebeur, ek moet weet?"

Dora vat haar aan die skouers vas en dwing haar terug in die stoel. "Vellies, wag voor jy praat, en jy my mooi mensie, sit net hier." Dan loop sy na die drankkabinet, vat 'n glas en gooi twee blokkies ys met die knyptang in. Skink 'n dubbel Chivas Regal, voeg water by en sit dit voor die verbaasde Ursula neer. "Wag eers, jy sal dit nodig hê. Kom, Vellies, wys haar en maak gou."

Die man stap om die lessenaar, haal sy selfoon uit en wys haar die een grusame foto na die ander.

"Nee! Nee, Vellies, dit is onmenslik. Dit moes 'n roofdier gewees het. Nee! Nee!" Sy begin saggies huil en hy sit die papier voor haar op die lessenaar neer.

YOU CANNOT HIDE ANY LONGER

YOU ARE NEXT

Sy staar die paar sinne aan, gryp die glas, ledig dit met een teug en bars in trane uit. Deur die trane, prewel sy: "Otto, my liefling, kom terug. Jy mag nie dood wees nie. Hoekom is jy dood? Ek het jou nodig, so baie nodig en ek is bang."

Die polisie is die hele oggend besig om die omvang van die skade te bepaal en bewyse in te samel.

Vierhonderd skape is groot trop. Baie is reeds vrek, ander spartel nog blêrend met afgekapte agterbene rond, en moet van hul lyding verlos word. Die karkasse word die een vrag na die ander weggery. Sommige gaan slagpale toe. 'n Paar daarvan word aan die polisie geskenk en hulle laai dit agter op hul bakkies. 'n Wildboer in die omgewing kom haal die res.

Kort nadat die laaste voertuig vertrek het, gaan Ursula binne en krul haarself in 'n bondeltjie op die bed.

Vellies verdwyn na sy kamer, kry die geheime selfoon wat hy daar versteek en stap terug na die stoor. Hy plaas al die foto's van die dooie- en verminkte skape asook die brief, van sy selfoon oor na daardie een. Stuur dit dan na die nommer wat onder die naam 'Scar' gelys is.

Dit is eers skemer toe die selfoon lui. Vir die eerste keer in baie maande, hoor hy weer die warm stem.

"Vellies, wat de hel gaan daar aan? Is sy oukei?" Sy stem is gelaai met woede en bekommernis.

"Scar, sy huil baie en sy het jou nodig. Geroep na jou en gevra hoekom jy is dood. Sy's bang en hy gaan haar kry."

"Was die polisie daar? Is daar wagte geplaas?"

"Twee, maar hulle is regte lui, vetgatte, sit en slaap al die heel middag. Hier is so vier plaaswerkers wat help check, maar hulle het geen kop vir dit nie."

"Ek kom dadelik. Stuur solank vir my julle ligging."

"Hel, Scar, ek is nie onnooslik nie, maar wat is dit?"

Hy sug. "Los dit. Is daar 'n plek, kamer of iets waar ek kan bly? Verkieslik naby die huis, maar niemand behalwe jy en Dora mag dit weet nie."

"Die ou melkkamer is effens uit die oog, maar dit is helvuil. Ons kan dit môreoggend skoonmaak. Jy sal so moet ry dat ek jou by Witdraai kan kry."

"Is reg, ek moet op Kroonstad aangaan. Hou nou die selfoon by jou en ek hoop jy het 'n skietding, of kan een kry."

"Hier is 'n haelgeweer, .22 en die Lee Metford, ek sal teken daarvoor en sê dit is vir die jakkalse, kan een vat, watter een dink jy?"

"Die Lee Metford het slaankrag en maak 'n moerse geraas, vat hom."

"Ek maak so, en Scar, die vrou is lief vir jou en baie ook."

"Ek bel jou weer later." Jack sit die foon neer en begin die nodigste klere op die bed gooi.

"Scar, waar's jy?"

"In die slaapkamer, Sam. Kom in en ek hoop Maria is saam met jou?"

"Ek is," antwoord sy.

Hulle steek in die deur vas, maar voor enigeen iets kan vra of sê, praat hý en vertel dat hy moet weggaan.

"Sal jy aangaan, asseblief, Maria? Sam, kom ons gaan check gou die Landy en dan kan ons praat."

Onderwyl Sam diesel ingooi. Gaan Jack die bande, water en olie na. "Ek gaan vinnig vertel, Sam, jy moet mooi luister."

Sam luister net, maak dan die regterdeur vir Jack oop.

"Kry jou by die huis. Wat se gewere vat jy saam?"

"Sal nog besluit. Waar gaan jy nou?"

"Gaan net Piet en die ander manne sê dat hulle weet wat gaan aan."

Hy kom eers 'n uur later weg.

Op Kroonstad stop hy by die vulstasie en kontak vir Solomon.

Dié reageer vinnig. "Ek het met almal gepraat wat kan help en ook met Grace, sy weet alles. Het jy genoeg skietgoed en patrone?"

"Ja, ek het, dankie, motsoalle, ek is reg."

"Hoe ver is dit tot op daardie Witdraai?"

"Upington is so net onder die sewehonderd kilo's, Witdraai so honderd-en-tagtig verder, en die plaas so twintig kilo's van daar af. So, ons praat van so nege plus ure se rit."

Hy vertrek weer en op die pad praat hy eers met Vellies, dan bel hy vir Grace. Haar sekretaris vertel dat sy in 'n vergadering is en hy sal haar laat weet. Jack lui af, glimlag wrang. *"Ek glo jy sal haar vertel, Koos, anders is dit tickets met jou."*

Hy ry deur die nag, sorg dat hy binne die spoedgrens bly en neem brandstof in by die Caltexvulstasie. Hy stap die Wimpy haastig binne en bestel ontbyt, maar moet die bord twee keer terugstuur omdat die eier kliphard is. Dit bly hard terugkom en hy los dit uit. Betaal die rekening en die kassier vra hoe die kos was. Hy antwoord net: "Vrot en die diens ook."

Op Witdraai ry hy voor die polisiestasie verby, skud sy kop en ry terug hoofpad toe. Regs sien hy die uitdraaipad, ry verby, trek van die pad af en bel vir Vellies. "Ek is hier by die uitdraaipad. Hoe ver is jy?"

"Ek nog op die plaas. Ursula wil ingaan dorp toe."

"Is sy oukei?"

"Ja, jy moet pasop, ons ry oor 'n halfuur Upington toe, sy het 'n afspraak met haarsnyer en so aan. Sy hardegat en wil met haar Mustang ry."

"Gaan sy alleen?"

"Nee, ons ry met die Caravelle agter haar, daar is baie kos nodig en sulke goed."

"Ek gaan agter julle ry en kyk in die truspieëltjie of jy my kan herken. Ek het 'n langhaar pruik, donkerbril en hoed op."

"Right, Scar, ek sit af nou, sy wil ry."

Jack ry 'n ent verder aan, maak 'n U-draai en trek van die teer af. Haal die klein Halina verkykertjie uit. Tien minute later kyk hy na die aankomende motor, verwens die getinte ruite, en dan is sy in die lense. Sy mond word droog en sy hart tamboer soos donderweer. Selfs in die moeilike omstandighede is haar skoonheid soos 'n vuishou in die maag.

Ongemerk volg hy, raak agter, maar dit hinder hom nie. Op Upington parkeer hy 'n veilige afstand van waar hulle by 'n besigheidskompleks gestop het. Hierdie keer is haar hele liggaam vir twee sekondes sigbaar en hy fluit sag. *"Kan dit nie glo nie, jy het wragtig mooier geword."*

Vellies klim uit die kombi, kyk rond en stap by PEP in.

Jack wag 'n paar minute voor hy hom volg. Vellies staan by die rak vol kinderspeelgoed. Hy stap verby en gaan staan by die punt van die rak. Kyk belangstellend na kleurpotlode en praat sag uit die hoek van sy mond. "Oulike karretjie daai."

"Otto, fokkit, is goed om jou te sien." Die man se gesig straal vir 'n oomblik, raak dan weer ernstig. "Ek het die ding so uitgewerk: daar is ou voerkamer by die melkkamer. As jy ou stuk seil het, dan reverse jy die Landy daarin en gooi die seil oor hom, niemand sal hom sien nie."

"Goeie plan, ek het stuk camo-seil hier, dit sal die voorkant toe hou. Ek sal by koöperasie iets anders kry."

"Daar is baie geskeurde kunsmis-seile op die plaas, ek sal dit regsit. As ons by huis kom va'middag, gaan ek na die grensdraad, sal plastieksak vasmaak aan die ysterpaal, jy kan van pad sien. Dan maak ons die draad los dat jy kan deurry en maak weer vas."

"Klink goed, hoe laat sal dit wees en wat van die wagte?"

"Ek sal plan maak, jou op selfoon bel as ek by draad is. Wat gaan jy maak as daai man hier kom?"

"Daardie hond het meer as agt jaar van my lewe gesteel, tyd wat ek saam met my kind en die vrou wat ek liefhet, kon deurbring. Nee, hy gaan vrek en jy moet plek soek waar ons sy lyk kan bêre. Ek wil nie hê daar moet ooit agterna iets van hom gekry word nie."

"Ek ken die plek, en ek sal sy dooi-lyk self deur die hamermeul sit en die stukke in daai klipgate gooi."

Vellies praat sag maar die erns van sy woorde laat 'n rilling deur Jack se liggaam skiet.

"Ons praat later." Vellies draai om en loop amper in een van die PEP werkers vas. "Skuus, Juffrou, ek jou iets vertel, as jy ooit 'n man leer ken wat sy naam Otto is. Dan weet jy jy ken die beste man ooit." Hy loop verder, laat die verbaasde vrou en geamuseerde Jack hom agterna staar.

Jack loop kort na Vellies. Hy drentel doelloos en kyk deur winkelvensters. Steek vas toe Ursula en 'n ander dame geselsend verby hom stap.

Ursula beduie iets en stap na die Caravelle, maar Vellies kom nader gestap.

In die weerkaatsing teen die winkelvenster kan Jack sien dat Ursula praat en Vellies knik geesdriftig. Sy draai om, loop vinnig terug na die Mustang, en doen iets wat sy nie veronderstel is om te doen nie: sy kyk in sy rigting. Hulle oë ontmoet en sy struikel byna.

Hy draai kamma traak-my-nieagtig om, stap die apteek binne, dwaal tussen die rakke en koop 'n bottel *Jeyes fluid*. Toe hy uitkom, is die Mustang weg.

Die oomblik wat hy agter die stuur van die Land Rover inklim, lui sy selfoon. "Vellies, wat sê sy?"

"Hel, ek moes kwaai wal gooi, sy dink jy is die Jack-ou van die begrafnis. Maar ek het gesê sy verbeel haar, maar ek weet nie, dit is daardie scar wat haar gooi en die lang hare."

"Verdomp!" Hy vat aan sy wang "Hel, ek het vergeet om te kyk of die litteken nog vas is toe ek netnou parkeer het. Ek dink dit het afgeval met die skud van die grondpad. Hoekom sê jy dit het haar geskud?"

"Die pruik en die gesig sonder die scar het haar deurmekaar."

"Wat dink sy nou?"

"Ek haar gevra of jy nie dalk een van die skaapmoordenaars is nie. Moenie lag oor daardie woord nie."

"Baie beskrywend en toe?"

"Sy was de moer in vir my en gesê iemand soos jy sal nooit 'n dier kwaad aan doen of seermaak nie."

"Sien jy, sy kan dit sommer sien, maar niemand anders wil nie."

"Ha, ek weet. Maar toe praat sy ander ding en sê: 'Vellies, ek weet nie, maar ek dink mens moenie in daardie man se pad kom nie. Daardie groen oë kyk binne-in jou en daardie fris lyf waarsku jou om nie te krap nie.' My gevra of jy nie 'n wag sal wil wees nie."

"Sjee, en toe ?"

"Ek het gesê terwyl sy en haar tjommie eet, sal ek kyk of ek jou kan sien."

"Goed, dan kry ons mekaar agter die haarsalon, want ek wil met jou praat."

"Goed."

Hulle het skaars 'n paar minute gesels, of Vellies se selfoon lui. "Mevrou?" Hy druk die selfoon se luidspreker aan.

"Wat sê hy, en wat is sy naam?"

"Hy kan nie nou nie, maar oor twee weke hom hy terug van Kgalagadi af, dan sal ons praat."

"Is jammer, wat is sy naam?"

Vinnig skryf Jack op 'n sigaretdosie 'Gino Martelli' en Vellies lees dit hardop. "Ek het my nommer vir hom gegee, want hy sê hy gee nie sy nommer uit nie. Hy is 'n Spanjool en praat net Ingels."

"Goed, is hy nog daar? Ek wil met hom praat?"

Jack skud sy kop ontkennend.

"Nee, hy het nou net gery, Mevrou, ek gaan nie stront met die man soek nie. Ek dink hy maak man vrek as hy kwaad is."

"Dis jammer. Ons is klaar, kry ons by die Agrimark, dan kan ons koop wat gekoop moet word, en ry, Rita gaan by my op die plaas kuier, so ons gaan eers haar klere haal."

Met die terugrit laat waai die Mustang. Die Caravelle en Jack raak agter, maar die pad is baie besig. Dit stel hom gerus en hy ry op sy gemak.

Dit is amper skemer as hy 'n voertuig by die draad sien stilhou en hy ry nader.

'n Uur later maak hulle die voerkamer se deur deeglik toe, stap terug na die ou melkkamer en tien minute later raas die ketel op die Cadac-stofie.

Na die koffie gaan lê hy op die kampbedjie en twee minute later droom hy van Ursula.

"Scar."

"Ek's reg, wil jy gaan?"

"Ja, ek het die wagte effens geskuif, ek vertrou nie daai twee pote nie. Hulle tjer-tjer te veel en sag."

"Nou kom, dan gaan loer ons hulle uit. Wat se gebou is dit wat hier staan?"

"Dit was 'n ou oliestoor, maar dit is nou vol ou bene gepak, hulle kom haal dit een maal 'n jaar."

"Wat se bene en wie is 'hulle'?"

“Al die boere en ander mense bring sakke vol bene hier. Daar’s ander swartman, hy praat net Ingels, hy weeg dit, dan laai hy dit.”

“Wag, hier kom die maan agter die wolke uit. Is dit die twee polisiemanne wat na die been-stoor sluip?”

“Eeh, daar is fout, Scar. Groot fout. Daar sluit hulle oop en die een man gaan binnekant.”

“Wag totdat hulle terug is, dan gaan kyk ons. Het jy ook ’n sleutel?”

“Nee. Dis ’n groot slot, daai beenman het die sleutel om sy nek.”

“Wat se slot is dit en waar bly die man?”

“Daai Viro slot en die man bly naby poliesstasie, hy bring nuwe wagte saam met hom, elke oggend weer die wat vars is. Dan slaap die ander by die ander huise.”

“Hmm, gerieflik, nè. Ons moet by die werkswinkel uitkom. Ek soek ‘n stuk staaldraad en ‘n tang.”

‘n Halfuur later fluister Jack vir hom: “Kyk mooi en gee my ‘n missed call as jy iets sien.”

Hy glip in en maak die deur saggies toe. Die reuk van vrot bene en vleis is oorweldigend, Hy neem foto’s met sy selfoon, daar is geen vensters nie, so niemand sal die flitslig van die foon se kamera sien nie. Selfs deur die erge stank van die bene, is daar ‘n subtiele ander reuk. Versigtig skuif hy van die sakke en kratte weg, lig met die penflitsie en vloek saggies. “Bliksems!” Hy neem ‘n klomp foto’s, skuif die houers weer terug en twee minute later sluit hy die staaldeur. “Kom, ek wil sien waar is Ursula se kamer. Loop jy voor.”

"Kyk daar." Sam wys na waar die wagte moet sit, net die vuur brand, maar daar is niemand nie. "Klomp bliksems slaap, ek het gesien toe ek vir jou wag, hulle is almal binne die slaapplek en niemand het uitgekom nie."

"Ek het genoeg gesien, kom ons gaan terug."

"Hy groet Vellies by sy slaapplek, maak die deur toe en dan weer vinnig oop. Maar hy was verkeerd, die man is reguit na sy huis toe. Iets hinder hom egter, dan weet hy wat dit is wat hom pla, en in die donker drafstap hy na Vellies se huis. Daar skyn lig deur een van die vensters en hy sluip nader. Loer deur die opening van die gordyn en sien Vellies die selfoon optel en praat. Hy wag totdat die man klaar is, met klere en al tussen die komberse klim en dan die lig afsit.

Uit die trommel haal Jack 'n klein botteltjie brandewyn, drink 'n sluk daaruit, skud sy kop en sluk weer. Daar is 'n seer, dowwe gevoel in sy bors. Die één man wat hy vertrou. Dié een wat hy met Ursula en sy eie lewe vertrou, is 'n verraaier.

"Hoe lankal, Vellies?" gooi hy die vraag in die lug.

So, die hele bende weet hy is hier en ook waar hy bly. Vellies het homself verklap toe hy nie eers 'n poging aangewend het om te vra wat hy in die beenstoor gekry het nie. Dit was onnodig, want Vellies Kortman weet alles van die Dagga, Heroin, Mandrax en ander pille wat onder die bene versteek word. Vellies, wat te hard met die leier gepraat het. ... En het hy, wat Jack is, nie die gesprek gehoor nie, dan het hy saam met Ursula gesterf. Of sy sou sterf en Otto

Stegman sou weer lewendig word om net weer tronk toe te gaan.

Die ontdekking verander alles, feit bly staan, as hy nie hier was nie, sou Ursula in elk geval sterf.

"Nou moet jy kop hou, Jack Steiner, en goed ook." Wat staan hom te doen? Dan weet hy, en hierdie keer is dit hy wat bel. Solomon tel eers na die tiende lui op en duidelik was hy diep in droomland.

Solomon luister aandagtig en sy reaksie is vinnig. Hy moet egter die Whatsapp drie keer stuur voordat Jack tevrede is.

* * * * * * * * * *

Vyfuur die volgende middag kry hy sy vuurwapens gereed en bel vir Vellies. 'n Uur verloop voordat die man daar aankom.

"Jack, jy vat 'n hengse kans, jy moet donker eers uitkom."

"Wag, kyk hierdie Whatsapp, jy sal my teerpad toe moet vat. Lees hier."

"Hel, Jack, kan dit nie wag nie, ek is bang vir vanaand en hoekom moet jy teerpad toe? Kan Selepe nie wag nie? Dalk is dit vannag die tyd wat daai mense haar wil doodmaak, en jy moet saam met hóm ry? Maar is reg, ek gaan sê ek wil na die draad gaan kyk, sal hier voor stilhou en maak of ek iets wil gaan haal. Dan klim jy in en lê plat."

"Dankie, Vellies," sê hy toe dié hom langs die teerpad aflaai, "jy beter nou ry, dit word vinnig donker en hou jy maar self 'n oog oor Ursula se kamer."

"Goed." Geen groet. Vellies draai die bakkie om en ry weg.

Jack glip deur die draad en sonder om die flits te gebruik, draf hy na die woonhuis, hier moet hy in die bosse skuil omdat daar twee dubbelkajuit bakkies verby kom. Die paneelliggies wys duidelik van die insittendes en Jack weet, hierdie keer is hy betyds.

Om agter in te glip, is geen probleem nie, Ursula en Rita sit in die TV-kamer na een of ander sepie en kyk. Hy glip tot agter die groot dubbelsitplek rusbank en sit die selfoon só dat dit alles kan afneem.

"Mevrou, ons is klaar. Tjaila nou."

"Is reg, Dora, is dit nie 'n motorkar wat ek gehoor het nie? Waar is Vellies?"

"Ek dink dit was die polieste wat hulle manne kom op-check. Sal Vellies soek en stuur, Mevrou. Nag, mevrou Rita."

"Nag, Dora."

"Wil jy koffie of 'n drankie hê?" vra Ursula.

"Dankie, 'n whisky sal lekker wees," antwoord 'n manstem.

Die vroue se koppe ruk om, in die deur staan Trevor en Vellies.

"Wat maak jy hier, Doyle? Daar is 'n hofbevel teen jou uitgereik en jy mag nie hier wees nie." Ursula vat na haar selfoon.

Vellies is met 'n paar treë by haar, gryp die selfoon uit haar hand en slinger dit is die hoek neer.

Wit geskrik gil Ursula.

Rita gryp haar selfoon en Vellies klap dit uit haar hand.

"Hoe durf jy dit doen ... jou ..." Vellies se regterhand swaai en Rita val skuins oor die bank as sy klap haar teen die kakebeen tref.

"Vellies, is jy mal of wat?"

"Ursula, jou ryk teef, hou jou bek of ek moer jou met die vuis." Vellies kom dreigend nader en sy gaan sit.

Die vroue gryp mekaar vas.

Trevor grynslag. "Ek wil met jou gesels en dit sal die laaste keer wees. Ek is bly jy het jou maatjie hier, nou kan ek darem iets vir my lyf ook kry. Jy weet, Ursula, ek wou jou gehad het, maar ek en Vellies het lootjies getrek, raai vir wie gaan jy bietjie lyfplesier gee?"

"Julle is mal. Hoekom maak jy so, Trevor?"

"Want jou ryk teef, jy is in die pad, ons is besig om die grootste dwelm netwerk in Afrika op te bou en jy het die verkeerde plaas kom koop."

Ursula het opgehou huil en sy kyk hom onbevrees in die gesig. "Dit is julle twee wat Otto Stegman tronk toe gestuur het, onskuldig ook. Het jý James vermoor, Vellies?

"Ek het en dit was lekker ook."

Sy draai haar gesig na Trevor. "Jy het jou eie broer laat vermoor, hoe kon jy dit doen?"

"Maklik, hy wou te veel geld hê. Maar ons mors tyd, ou Vellies is honger vir jou, net jammer scarface Jack Steiner, of te wel Otto Stegman is nie hier nie. Ons wou hom laat kyk as julle verkrag word. Daar is nog 'n paar Nigeriërs hier buite, en hulle wil ook 'n stukkie van julle hê."

Dit voel of sy nie asem kry nie. "Die man met die litteken is Otto? Hoekom het julle sy lewe verwoes deur hom onskuldig tronk toe te laat gaan? Wat het hý ooit aan julle gedoen?"

"Sy vrou het die hele sindikaat destyds saam met James begin en Otto het agterdogtig begin raak. Hy moes uit die weg kom."

"Julle het sy vrou tot selfmoord gedryf."

"Nee, James het haar self vrekgemaak en ons het dit soos selfmoord laat lyk."

Ursula sak terug op die bank en begin verdrietig huil.

"Hou jou bek, vroumens, hoekom tjank jy nou weer?"

"Ek het Otto lief, nog nooit in my lewe iemand so liefgehad nie en julle het dit vernietig. Waar is hy nou?"

"Vellies het hom laat kom, en hy sou saam met julle gevrek het, maar sy tjommie, Selepe, het hom nodig gekry. As hy terugkom, sal dit hy wees wat die skuld kry. Ons gaan lank en lekker met julle twee jol."

"Kom, ek is eerste." Vellies beweeg nader, in sy regterhand die swaar 9mm pistool en die linker besig om sy broek los te maak. Daar is 'n beweging agter die ander bank. Hy lig die pistool, steier terug en die vuurwapen val op die grond toe hy beide hande om die hef van die jagmes in sy bors klem.

"Helsem!" Voor Trevor kan beweeg, spring Otto oor die bank, raap die 9mm op, span dit en rig dit op Doyle se bors.

"Vrek, uitvaagsel en brand!" Die skoot klap oorverdowend. Trevor Doyle sink in 'n stoel neer. Sy liggaam bewe en dan is dit stil, die bloed pomp egalig uit sy bors.

"Liefling, my liefling!" Hoe Ursula in sy arms gekom het, weet nie een nie, maar sy soen hom orals op sy gesig.

"Kom, ek wil net klaarmaak hier binne."

"Wat gaan jy doen, my liefling?"

"Die pistool in Vellies se hand kry. Trevor het handskoene aan, ek vee net die jagmes se hef skoon."

"Kan ons nie uit die huis gaan nie?"

"Rita nee, ons wag net vir die helikopter. Ek kan dit al hoor. Sit julle stil."

"Is dit die regte polisie, my skat?"

"Ja, hulle sal later hier wees, wag, hier land dit. Hulle bring Hardus en sy gesin. Bly net hier sit, ek kom."

Hy gaan in die volgende vertrek, raak besig met die pruik en litteken, haal die groen kontaklense uit sy oë. Binne hoor hy die opgewekte stemme en vreugdekrete; hy stap die vertrek binne en dit raak stil.

Vir die eerste keer in meer as agt jaar, kyk pa en seun mekaar in die oë

"Pa!"

"Seuna!"

Dan is hulle, Ursula en Cathy inmekaar se arms.

Cathy breek effens uit die omhelsing en kyk beurtelings na Ursula en Otto. "Geluk, Ouma en Oupa, julle tweede kleinkind is op pad."

Dan omhels hulle mekaar weer en saam huil hulle.Trane van liefde en geluk.

Geagte Leser,

Ons hoop dat u ons boek geniet het en dit boeiend gevind het. U terugvoer is baie belangrik vir ons en vir toekomstige lesers.

Ons sal dit baie waardeer as u 'n paar oomblikke kan neem om 'n resensie op Amazon te skryf. U mening help ander om ingeligte besluite te neem en dit help ons om beter te verstaan wat ons lesers waardeer.

Baie dankie vir u ondersteuning!

Vriendelike groete,
Die Malherbe Span

Manufactured by Amazon.ca
Bolton, ON

46250936R00109